必殺の刻

会津武士道 4

森 詠

時代小説

二見時代小説文庫

目次

『会津士魂』の早乙女貢氏に捧ぐ

必殺の刻——会津《あいづ》武士道 4

第一章　最後の合戦《かっせん》

一

「ならぬことはならぬものでござる」

龍之介《りゅうのすけ》は、藩主容保《かたもり》に正面切って申し上げた。

容保の顔が歪《ゆが》み、不満気に龍之介を見下ろした。

「無礼者！　御上《おかみ》に向かって何を申すか。若造の分際《ぶんざい》で」

周りの家老たちが怒気を帯びた顔で、龍之介に罵声《ばせい》を浴びせた。

龍之介は、なおのこと、死ぬ気で向き直り、「ならぬことはならぬものでござる」

と言い放った。

「黙れ黙れ。無礼者、そこへ直れ。討ち首にしてくれる」

家老が怒気荒く、刀の柄《つか》に手をかけた。

そこで龍之介は目を覚ました。夢だった。夢の中で御上に激しく楯突《たてつ》いていた。

なんという夢なのだ。

冷汗が背に噴き出している。

ならぬことはならぬ。

いったい、何をめぐっての物言いだったのだろうか。理由は分からない。

ただ、あまりに理不尽なことだったから、そう口走ったように思う。

まだあたりは真っ暗だった。龍之介は寝床の中で耳を澄ました。どこからか、夜明けを告げる一番鶏の鳴き声が聞こえる。

今夜が西郷近思《さいごうちかもと》家の離れでの暮らしの最後の夜だった。夜が明けたら、新居への引っ越しが始まる。

いまのうちに、もう少し休んでおかねば。

龍之介は寝床で寝返りを打った。右胸にずきりと鈍《にぶ》い痛みが走った。御前仕合いで受けた傷だ。

なぜ、根藤佐衛門《こんどうさえもん》の突きを躱《かわ》せなかったのか。どうして、突きを防げなかったのか。

自分の木刀の方が先に根藤を叩いて制していなかったら、やつの突きはもっと鋭く、致命的なものになっていただろう。軽く突かれただけで、肋骨《ろっこつ》に罅《ひび》が入っていたのだから。

根藤佐衛門。北辰一刀流《ほくしんいっとうりゅう》皆伝《かいでん》。

それにしても、御前仕合いだというのに、根藤は全身から燃えるような異常な剣気《けんき》を滾《たぎ》らせていた。木刀による立合いだったが、中身は完全に真剣勝負だった。

だが、いまもって根藤との立合いが、どうしても思い出せない。どうやって、勝ったのかがよく分からない。

蹲踞《そんきょ》の姿勢から、木刀の先を合わせて、互いに飛び退いた。

間合い二間。

根藤は右八相の構え、己れは青眼《せいがん》で応じた。そこまでは、はっきりと覚えている。

そこで己れは半眼にして相手の動きを窺《うかが》い、全身の気を抜いた。自然体の捨て身の構えだ。

裂帛《れっぱく》の気合いもろとも、根藤の軀《からだ》が飛び込んで来た。木刀を一気に突き入れて来る。

己れは、どう軀が動き、根藤の突きに対応したのか。突きを躱したのか？　いや躱していない。突きは確実に胸に入っていた。根藤が寸止《すんど》めした？

そうは思えない。根藤は本気でおれを殺すつもりだった。寸止めなしに突きを入れて来た。

その突きが入る前に、おれの軀が無心のうちに動き、根藤の肩に木刀を叩き入れていた？　そのため、根藤の突きは手元が鈍った？

そうとしか考えられない。

一瞬の間《ま》だったが、頭の中が真っ白になったような気がする。空白の無心無我の境地。

気付いた時には、軍配《ぐんばい》が自分に上がっていた。目の前で根藤は膝を落としていた。木刀を杖にし、肩を押さえていた。

おれは寸止めはしなかったのか？　いや、無意識のうちにも、寸止めしたはずだ。でなければ、おそらく根藤の肩を打ち砕いていただろう。

眠い。もう少し眠りたい。

龍之介は意識して目を瞑《つむ》った。

自分でいうのは変だが、御前仕合いを経て、己れはだいぶ変わった、大人になったのではないか、と思う。

御前仕合いで勝ったからではない。

勝つも負けるも紙一重。勝敗は時の運だ。自分では、運よく勝ちを拾った、運が味方してくれて、ようやく勝ち上がることが出来た、と思っている。

問題は根藤佐衛門に対する見方だ。根藤の背後に誰かがいる。根藤はただの操《あやつ》り人形に過ぎない、哀れな男だ。

もう一人の刺客《しかく》、示現流《じげんりゅう》の高木剣五郎《たかぎけんごろう》も、真に己れのために闘っておらぬ。誰かの命《めい》を受けて挑んできた。所詮は、飼い犬。

相手を見極める目が少しついたように思う。それは大人への階段を登る第一歩ではないか。

龍之介は、あれこれ思いをめぐらせながら、また浅い眠りについていた。

「おーい、龍之介、これが引っ越しの最後の荷物か」

小野権之助《おのごんのすけ》が荷車から箪笥《たんす》を下ろしながら、大声で叫んだ。河原九三郎《かわはらくさぶろう》が手伝っている。

小野権之助も河原九三郎も、子ども時代の什《じゅう》の仲間だ。

「そうだ。それで仕舞いだ」

望月《もちづき》龍之介は、五月女文治郎《さおとめぶんじろう》と鹿島明仁《かしまあきひと》の二人と桐《きり》箪笥を母たちの居間に運び込みながら、大声で返事をした。

「よっしゃ」

権之助は九三郎と二人で箪笥を抱え、新居の武家門を潜《くぐ》り、庭に回った。居間の掃き出し窓の縁側から箪笥を入れようというのだ。

「まあまあ、みなさん、本当にご苦労さま。あとで引っ越し蕎麦《そば》をご用意しますからね」

母の理恵《りえ》は心からうれしそうに笑った。

母が屈託《くったく》なく笑うのを見るのは何年ぶりだろうか。

「お母さま、台所のお掃除、終わりました」

台所から姉の加世《かよ》が母を呼んだ。加世は、下女のトメと一緒に台所で掃除をしていた。

「はいはい、いま行きます」

母はいそいそと台所に走り戻った。

龍之介は母の笑顔を見ながら、つくづくと御前仕合いに優勝出来てよかったと思うのだった。

御上は優勝者には褒美として、望みのものはなんでも取らせるとおっしゃった。

龍之介は、さっそく御上に望月家取り潰しの処分を取り消していただきたいと願い出た。筆頭家老の一乗寺常勝《いちじようじつねかつ》はこの場は直訴《じきそ》の場にあらず、と反対したが、西郷近思の口添えもあって、御上は望月家のお取り潰し処分をお取り消しなさった。

それだけでなく、家禄も以前の二百石に戻してくださった。あわせて屋敷も拝領することが出来た。これまで龍之介一家は、身元引受人である家老西郷近思宅の離れに間借りさせてもらっていたが、ようやく独立した屋敷に移れる。

この度《たび》拝領する屋敷は、鶴ヶ城《つるがじよう》の西方の諏訪《すわ》神社の近くにある。かつての拝領屋敷とほぼ同じ地域にあった。そのため、ご近所の人たちには顔馴染みが多かった。前の屋敷には、ある家老の親族が入っている。

新居となる拝領屋敷は、この数年の間、空き家だった古家だ。人が住まないと、家は荒れ放題になり、庭は鬱蒼《うつそう》と草木の茂る荒地に変貌する。人の手が入らないと家や庭も年を取る。

龍之介たちが入る屋敷は、見るからに古家で、屋根や壁もだいぶ傷《いた》んでいた。

龍之介は母や姉と顔を見合わせた。

「こんなボロ家を……」

龍之介はため息をついた。以前の屋敷に戻ることが出来ると思っていたのに。

「龍之介、御上の計《はか》らいに文句を申し上げては、バチがあたりますよ」

祖母のおことは、龍之介を窘《たしな》めた。

「はい。分かっております」

龍之介は頭を掻いた。

母は気を取り直し、元気を出していった。

「さあ、龍之介、引っ越しの片付けをしましょう。ぐずぐずしている暇はありませんよ」

母の気持ちは龍之介にもよく分かる。

まもなく会津《あいづ》には雪が降り、厳しい冬になる。その前には、なんとか引っ越しを済ませておきたい。

屋根の一部は壊れ、瓦が落ちていたので、早速に大工や瓦屋を呼んで修繕を頼んだ。冬に備えて、積雪の重さに耐えられるように頑丈な支柱で補強し、割れた屋根瓦は新しい瓦と入れ替えた。

龍之介は、什仲間の小野権之助たちの手を借り、早速に大掃除にとりかかった。晴れの日を狙い、家中《いえじゅう》の畳を上げて、天日干しした。運がいいことに、この数日、晴天続きだった。

奉公人の若党長谷忠ヱ門《はせちゅうえもん》夫婦をはじめ、中間《ちゅうげん》の坂吉《さかきち》、下男の作平《さくへい》爺、下女のトメたち使用人も戻って来てくれた。

母と姉の加世は、新しく雇った女中の小菊《こぎく》、長谷忠ヱ門の女房千絵《ちえ》、中間の坂吉、下男の作平爺、下女のトメなどと家人総出で、家の大掃除を始めた。兄嫁になるはずだった一乗寺家の娘結《ゆい》も家人に内緒で駆け付け、大槻弦之助《おおつきげんのすけ》の娘奈美《なみ》も手伝いに来てくれた。

たちまちのうちに古い屋敷は、以前とは見違えるように清潔で綺麗になった。

前庭は前の屋敷に比べて半分ほどしかなかったが、その代わり裏庭は広くて日当たりもよく、母はいい菜園が出来ると喜んでいた。

ここで新たな生活が始まるのだ。

龍之介は掃き出し窓の縁側に立ち、希望に胸を膨らませた。

「おい、龍之介、なにぼんやりしている。この箪笥はどこに置くんだ。ここでいいのか」

文治郎の大声に、龍之介は我に返った。明仁が頭を振った。

「まさか。桐箪笥をこんな居間のど真ん中に据《す》えるはずはないだろう。居間の壁際のどこかに立てねばな」

文治郎も明仁も什の仲間だ。

「そうだな。そこに置こう」

龍之介は桐箪笥の脇を持ち、抱え上げようとした。胸の傷がまたずきりと疼《うず》き、思わず顔をしかめた。

「おい、龍之介、無理するな。おぬし、肋骨が折れているんだろう？　力仕事はおれたちがやる」

文治郎が笑い、龍之介と替わった。文治郎は明仁と力を合わせ、桐箪笥を移動させた。

「ありがとう」

龍之介は頭を掻いた。

急に庭の方が賑やかになった。掃き出し窓の外を見ると、九三郎と権之助が手を広げ、空を見上げている。

「おい、雪だぞ」

「とうとう雪が降って来たぞ」

龍之介は急いで外に出た。

どんよりと暗く沈んだ雲が天空に広がっていた。冬の到来を告げる雪雲だ。どこかで、雷鳴も聞こえる。いよいよ会津若松《わかまつ》は本格的な冬を迎える。

会津の冬は深い雪に閉ざされ、長くて厳しい。

龍之介は空を見上げた。細かな雪片《せっぺん》が音もなく静かに落ちてくる。

龍之介は権之助や九三郎と一緒になって、両手を広げ、大口を開けて雪を受けた。

小さな雪片は舌の上に舞い落ちては消える。幼子のころに、みんなできゃっきゃっと騒ぎながらやった遊びだ。

「龍之介、何を遊んでいる」

掃き出し窓に、文治郎と明仁が顔を出した。

「おぬしらも、やってみろ。楽しいぞ」

文治郎と明仁も庭に飛び出し、天を仰いで口を開いた。

「たしか、子どものころに、こうやって遊んだなあ」

「もう、だいぶ昔のことだな」

龍之介は、子ども時代を思い出し、どうして、あのころはあんなに楽しいことが多かったのだろう、と懐かしんだ。

「さあ、みなさん、引っ越し蕎麦ができましたよ」

母がみんなに声をかけた。

台所から加世や女中の小菊、下女のトメが蕎麦の丼を盆に載せて縁側に運んで来た。

権之助や文治郎が早速に縁側に駆け寄った。

「おう、蕎麦だ蕎麦だ」

「腹減ったあ」

「食おう食おう」

「今日は、朝食べただけだ」

九三郎と明仁も縁側に腰を掛け、蕎麦が入った丼を抱え、食べはじめた。龍之介も、彼らに加わった。母が笑いながら、蕎麦の丼を龍之介に手渡した。

「龍之介、引っ越しが終わったら、西郷様にご挨拶に行きなさい。無事引っ越しが終わったと報告し、お礼をいうのよ」

「はい。分かっております」

龍之介は音を立てて蕎麦を啜り上げた。

蕎麦は、母や姉やトメが、今朝早くから蕎麦粉を練り、作り上げたものだ。めん汁は、鰹の削り節をたっぷり入れた出汁《だし》に、醤油を加え、酒とみりんと砂糖をちょっぴり入れて、山椒《さんしょう》と柚子《ゆず》の味を効かせてある。

「うめえなあ。お世辞じゃなくてよ、ほんとにうめえ。お母さん、すんません、もう一杯、お願いします」

権之助は、汁まで飲み干し、空《から》になった丼を、母に差し出した。

「あらあら、ほかのみなさんも、お代わりをどうぞ」

母はうれしそうに笑った。文治郎も九三郎も、すぐさま空にした丼を母に差し出した。

「おいおい、おまえら、少しは遠慮を弁《わきま》えろよ。おまえらだけが引っ越しを手伝ったんじゃない。ほかの人の分を残しておかねばならんのだから」

龍之介がみんなを窘めた。

母が笑いながらいった。

「大丈夫ですよ。みなさんがいくら食べても食べきれぬほど、蕎麦を打ってあるのですから。安心して食べてください」

文治郎が応じた。

「ほうれみろ、龍之介。おぬしの母上は、話が分かる。わしらの食い意地をようご存じだ。申し訳ありません。もう一杯、頂ければ」

文治郎は三杯目の丼をそっと出した。

龍之介は呆《あき》れて何もいえなかった。

いつの間にか、雪が本格的に降りはじめていた。

二

翌日、会津は雪に埋もれていた。庭も通りも四、五寸ほど雪が積もっている。

龍之介は羽織袴《はかま》の正装で、お世話になった西郷家を訪れた。

「そうかそうか。引っ越しが無事終わったか。それはよかった」

西郷近思老は、背を丸めて、火鉢の炭火に手をかざしながら、うむうむと頷いた。

近思老はどてらを羽織り、首に白い綿布を巻いている。時折、咳《せ》き込むが、顔色は良かった。龍之介は平伏したまま、顔を上げた。

「本当にありがとうございました。西郷様が、我ら望月家をお救いくださりました。このご恩は決して忘れません。これは、望月家に伝わる家宝の青磁《せいじ》の壺にございます。これを、ぜひともお納めくださいませ」

龍之介は青磁の壺を西郷近思の前に差し出した。

「なんのなんの。わしは何もしておらぬ。龍之介、おぬしが己れの力で切り拓いた道だ。わしは、こんな貴重な壺を受け取るわけにはいかぬ」

「これはせめてもの、我ら一家のお礼にございます。なにとぞ、お納めくださいますようお願いいたします」

龍之介は平伏した。

「ほほう。これは見事な青磁の壺だのう。さぞ由緒《ゆいしょ》のある品に違いない」

西郷近思は壺を手に取り、まじまじと見入った。

望月家に伝わる青磁の壺は、もともとは先代の松平容敬《まつだいらかたたか》から頂いた品である。祖父望月玄馬《げんま》が、松平容敬の覚えがよく、何かの褒賞として授かった壺だった。

西郷近思は保科家直系であり、望月玄馬としては、本来の持ち主である西郷近思にお返ししたいと思っていた。

「はい。その壺は、わが祖父が松平容敬様から頂いたものにございます。我が家に置いておいては、申し訳ない、と祖母が申しておりまして、ぜひとも、西郷近思様のお手元にお戻しするようにといわれたものでございます」

「そのような大事な家宝なら、ますます受け取ることはできん」

「そうおっしゃらずに、お納めいただきたく、お願いいたします」

龍之介は必死の思いで、西郷近思老に平伏して懇願した。

近思老は龍之介の必死な様《さま》を見て、仕方なさそうにうなずいた。

「龍之介、おぬしも家宝をすごすごと持ち帰ることはできまい。分かった。こうしよう。しばらくの間、我が家でお預かりしよう。我が家に置いて鑑賞させていただこう。いいかな、決して頂くわけではないぞ。しばらくお預かりするだけだ。時が来たら望月家にお返しする。そういう約束でよければ、わしが受け取っておこう」

「はい。それで結構でございます」

「では、預かり証を書く。所有者は望月龍之介であって、わしがお借りした、とな。だから、請求があれば、必ずお返しする。そういう証文だ」

近思老は隣の部屋に控えている近侍《きんじ》を呼んだ。近侍が急いで現われると、筆と硯《すずり》を用意するように告げた。近侍は、畏《かしこ》まりましたと書院から出て行った。

近思老は青磁の壺を大事そうに書院の床《とこ》の間《ま》に置いた。

それから火鉢の許《もと》に戻り、龍之介にいった。

「それはそうと、立合いを見て、御上もおぬしのことを、たいへんに誉めておられたぞ」

「さようでございましたか」

「御上は早速にも、おぬしを守り役として、小姓組に召し上げたいと申しておられたほどだ」

「小姓組でございまするか」

龍之介は西郷近思の顔を見た。御上の身辺をお守りする役は、小姓組でも最も重要なお役目だ。

「だが、筆頭家老の一乗寺常勝殿が、ひどく反対なされた。おぬしの兄の真之助《しんのすけ》が乱心し、若年寄となった一乗寺昌輔《まさすけ》殿に斬り付けたことを取り上げ、万が一にも、おぬしが乱心し、殿に斬りかかりかねぬ、とな」

「そんな馬鹿な。それがし、そのようなことは決して……」

龍之介は憤然《ふんぜん》とした。西郷近思は、白い髭《ひげ》を生《は》やした頬を崩した。

「ははは。そんなことは分かっておる。御上もわしも、そんなことはつゆ思うておらぬ。だが、一乗寺常勝殿としては、御上がおぬしをお守り役に引き上げることが気に食わないのだ。なにせ、弟の昌輔殿が、おぬしの兄の真之助に襲われたのだからな」

「そうでございましょうな」

「さらに、小姓組の者たちも、おぬしの兄のことを忘れてはおらぬ。その弟だということで恨みを抱く者もいないではない」

「はあ。なるほど」

龍之介は、その通りだと思った。もし、自分が兄に斬り付けられた小姓の立場だったら、その弟に、恨みとはいわぬが、あまりいい感情は抱かず、用心するだろう。

「御上はおぬしを小姓組に召し上げることについてはお諦《あきら》めなさった。だが、おぬしをいまのままにしておくと、一乗寺常勝や北原《きたはら》嘉門《かもん》から、なにかと嫌がらせを受けるかも知れぬと危惧なさった。そこで御上は、わしにしばらくの間、おぬしの後見人になれ、と仰《おお》せられた」

「西郷近思様が、それがしの後見人に……」

龍之介は驚いた。近思老は静かにうなずいた。

「わしは喜んで、その役をお引き受けした」

「本当でございますか。ありがとうございます」

「礼をいうのはまだ早い。わしもこの歳だ。そろそろ隠居し、家督《かとく》を息子に譲ろうと思うておる。だから、わしが後見人になるのは荷が重い」

「…………」

龍之介は唇を噛んだ。

「だから、わしではなく、息子の近悳《ちかのり》におぬしの後見人をさせようと思っておるのだが、異存はあるか」

「とんでもないことです。ですが本当に近悳様に後見人になっていただけるのですか」

龍之介は飛び上がるほど喜んだ。

西郷近悳は、通称西郷頼母《たのも》である。西郷近思が隠居した後は、西郷頼母が家老職に就くことがほぼ決まっている。

「もちろん、近悳も了解しておる」

廊下の襖の向こう側から近侍の声がした。

「硯と筆をお持ちしました」

「うむ。入れ」

襖が開き、硯と筆、巻紙を捧げ持った近侍が書院に入って来た。近侍は座り机の上に紙を拡げ、墨が入った硯と筆を並べた。

近思老は座り机の前に正座し、筆を取った。筆を硯の墨にたっぷり付け、すらすらと巻紙に筆を走らせた。

「うむ。これでいいかな」

近思老は、証文を読み上げた。龍之介は複雑な面持ちで聞いていた。

近思老は、最後に達筆で署名をし、さらに花押《かおう》を描いた。

「これに異存はないいな」

近思老は龍之介に証文を見せた。龍之介に異存があるもないもなかった。

近思老は巻紙に書いた文字の墨が乾くのを待って丸め、龍之介に手渡した。

「では、しばらく青磁の壺、鑑賞させていただくぞ」

「申し訳ありません。お気遣いいただいて」

「そう固くなるな。早速にも、息子の近悳を呼ぼう」

近思老は襖越しに近侍に近悳を呼んで来るように指示した。

「お館《やかた》様、近悳様は、先程お出かけになりました」

「さようか。いつ帰る？」

「佐川《さがわ》官兵衛《かんべえ》様のお宅に御出《おい》でになられたとお聞きしています」

「ということは、飲みだな。きっと帰りは遅い。今日は会えぬな。龍之介、またの機会に近悳と会うがよかろう。わしからも、いっておく。そんな急ぐことでもない」

近思老は龍之介を慰めるようにいった。

三

龍之介は降りしきる雪の中、権之助たちと揃って、日新館《にっしんかん》に出かけた。午前中は、それぞれ、論語や数学、史学、砲術学などの講義を受け、午後は、剣術の稽古のために、道場に集まった。什の仲間と稽古をするのは、夏以来、ひさしぶりだった。

御前仕合いに優勝したことで、龍之介は全藩校生の前で、田中誠之介《たなかせいのすけ》館長から日新館道場の誉《ほま》れとして表彰された。道場の壁に掛かった席次順に並んだ名札も、いつの間にか、龍之介は筆頭に上げられていた。

以来、日新館の藩校生たちの龍之介を見る目付きが変わった。北原従太郎《きたはらじゅうたろう》や一乗寺恒之介《つねのすけ》の取り巻き連中の嫌がらせやいじめは、嘘のようにぴたりとなくなった。彼らは龍之介を見ると、こそこそと避けるようになった。日頃の嫌がらせに対し、龍之介の報復を恐れたらしい。もちろん、龍之介に、報復する気など毛頭ない。

上級生はもとより下級生たちも校内で龍之介とすれ違うと、決まって畏敬《いけい》の眼差《まなざ》しで龍之介を見、会釈するようになった。龍之介は、それが面映《おもは》ゆく、なんとも居たたまれず、心が落ち着かなかった。

おれは、おれだ。昔もいまも何の変わりもない。

だが、什仲間の権之助や文治郎、九三郎、明仁といった連中は、腹立たしいことに普段とまったく態度が変わらなかった。龍之介としては、権之助たちが少しは自分に尊敬の念を抱いてもいいのではないか、と思ったのだが。

龍之介はため息をついた。

道場は薄暗く冷えていた。明かり取りの鎧窓《よろいまど》を全開にしてあるため、外の冷気がいやでも道場に入って来る。

だが、ほんのりと空気が暖かく感じられるのは、稽古する若い門弟たちの熱気や体温のせいだろう。

心頭滅却《しんとうめっきゃく》すれば、冬でも暑し、だ。

寒中稽古は寒さが厳しく、躯の動きが鈍い。だからこそ、躯を動かして鍛練を重ね、躯を目覚めさせる意味がある。

道場の隅々に大火鉢がいくつも出され、真っ赤な炭火が、空気を温めていた。火鉢の周りには、稽古の合間に門弟たちが集まり、炭火に凍《こご》えた手をかざして暖《だん》を取っていた。外の雪の中に比べれば、だいぶ冷えは弱い。

道場では、いつも通り、門弟たちが上級生を相手に、打ち込みや切り返しの稽古をしていた。

龍之介は控えの間で、権之助たちと一緒に、稽古着に着替え、揃って道場に出た。

その時だった。門弟たちの拍手が起こった。気付くと、門弟たちはみんな稽古を止め、龍之介を笑顔と拍手で迎えていた。

龍之介の優勝を祝ってのことだった。拍手する門弟たちの中には、一緒に御前仕合いに出場した川上健策《かわかみけんさく》や井深薫《いぶかかおる》、選抜仕合いで闘った秋月明史郎《あきづきめいしろう》の顔もあった。川上健策は右腕を三角巾で吊っていた。仕合いの時に相手の打突《だとつ》で骨折した腕の怪我がまだ治っていない。

みんなの中で、師範の伴康介《ばんこうすけ》と師範代の相馬力男《そうまりきお》が揃って拍手をしていた。

龍之介は、みんなの温かい歓迎に感謝し、深々と頭を下げた。

「では、これでお祝いの儀式は終わりだ。さあ、みんな、稽古を再開しろ！」

師範代の相馬力男が大声でいった。門弟たちのざわめきはやみ、稽古が再開された。

「ありがとうございます」

龍之介は、伴師範と相馬師範代にお礼をいった。ついで、見所《けんぞ》の上に祀《まつ》られた神棚に一礼した。指南役の佐川官兵衛の姿はなかった。

龍之介は軀慣らしに、権之助たちと一緒に素振りを始めた。門弟たちはまた稽古をやめ、龍之介たちを遠巻きにして見物しはじめた。

師範代の相馬力男が笑いながら、「そんなに龍之介の稽古が見たいというのか」と、門弟たちに訊いた。すると、下級生の門弟たちから、口々に龍之介先輩に稽古をつけてもらいたい、という声が上がった。

「龍之介、軀慣らしに少し下級生たちの稽古の相手をしてくれぬか」

「はい」

龍之介は素直に返事をした。師範代の相馬力男にいわれては断ることは出来ない。

相馬力男は、それだけいうと、伴師範と一緒に見所に戻って行った。

「龍之介、おぬし、えらい人気だな」

文治郎がにやついた。

九三郎も頭を振った。

「みんな、おぬしを見直しておるぞ。なんせ、御前仕合いを最後まで勝ち抜いた勝者だものな。ぜひとも、記念に一手《いって》ご教授願いたいという者たちなのだろう」

「龍之介、どうだ、大道《だいどう》で見せ物でも始めるか。カネが儲かるぞ」

権之助はひやかした。明仁もにんまりと笑っていった。

「いや、見せ物よりも、龍之介神社を創った方がいい。世のためになる。カネにもなる」

龍之介はため息をついた。

「やれやれ、おまえたち、ほんとにおれの友達なのか?」

「友達だから、あれこれいうんだ。友達でなかったら、何もいわんぞ。ありがたく思え」

権之助が恩着せがましくいった。

龍之介は、傍《かたわ》らでにやにやしている権之助や文治郎たちにいった。

「おまえらも、稽古相手をしろ」

「だめだめ。下級生たちは、おぬしに習いたいんだ。わしらでは役不足だ」

権之助は顔を横に振った。

「そうだぜ。みんな、おまえに一度相手してもらいたくて、集まっているんだ。おまえでなければできん」

「そう。龍之介じゃないとだめだ」

文治郎も九三郎も冷たく言い放った。

龍之介は大声で下級生たちにいった。

「よおし、打ち込み稽古をしたい者は、ここに一列に並べ」

龍之介がいったとたん、下級生たちは我勝《われがち》に争って並ぼうとした。あちこちで順番を争いはじめた。

「ちゃんと並べ。列を乱すな。横入りはだめだぞ」

龍之介がいくら制止しても、下級生たちの騒ぎは治まりそうにない。上級生たちは、稽古をやめ、何事が始まるのか、と見物している。下級生たちは大勢集まり、順番をめぐって小競《こぜ》り合いまでしている。

「しようがねえなあ」

権之助や文治郎、九三郎、明仁の四人は、やれやれといった顔で、下級生たちに分け入り、縦一列に並ばせはじめた。

「おい、みんな、おれたちのいうことを聞け。聞かない者は、列から外《はず》すぞ。龍之介先輩は稽古相手にしない。いいな」

ようやく騒ぎも収まり、長蛇の列が出来た。

龍之介は面を被《かぶ》り、竹刀《しない》を振り上げて、怒鳴った。

「一番から、おれに遠慮なく打ち込んで来い。おれも手加減なしに切り返す。いいな」

「分かったら、返事をせんか」

権之助も怒鳴るように叫んだ。

「はいッ」「はーい」「はい」

下級生たちは口々に返事をした。

「一番、来い」

龍之介は竹刀を構え、一番の下級生の打ち込みを誘った。一番の下級生は、気合いもろとも、どたどたと龍之介に駆け込み、竹刀を打ち下ろした。

「メーン」

龍之介は面に振り下ろされる竹刀を竹刀で軽く受け流した。

「次！」

それを皮切りに、二番、三番と下級生たちが、次々に気合いをかけ、龍之介に打ち込みはじめた。

「次」

相手に打ち込む感覚を会得《えとく》させるためにも、面や胴、籠手《こて》に打突されると分かっても、引かず、躱さず、逃げずに耐えて切り返す。

だが、時には驚くほど鋭い打突もあるし、中には打突すべき箇所から外れ、予期せぬ箇所を打つ者もいる。そうなると、かなり痛い。教える立場の上級生として、痛くても、痛いとはいえない。我慢するしかない。

相手がいくら未熟な腕前の下級生とはいえ、いや未熟な腕だからこそ、一瞬も気を抜けなかった。

龍之介は、次々に元気良く打ち込んでくる剣士たちを捌《さば》きながら、次第に軀が熱くなり、全身から汗が噴き出すのを覚えた。

龍之介は、下級生たちが一巡《いちじゅん》し、さらに二巡し、三巡目に入っているのに気付いた。三巡目の最後の者の打ち込みを切り返して、大声で叫んだ。

「よーし、終わりだ。稽古やめ」

それを合図に、権之助たちも、再度並んで打ち込もうとする下級生たちを制止した。

「稽古やめだ。稽古やめだ」

「龍之介、お疲れさん」

「これだけ、大勢の門弟に休みなく、連続して打ち込まれたら、いくら腕が立つ上級者でもかなりしんどいだろう」

「いったい、おれは何人を相手したのだ？」

「ざっと数えて七十人だ。それが二巡した」

「延べ百四十人か」

龍之介は面を脱ぎ、頭に巻いた手拭いを解《ほど》いて、顔や首筋、胸元の汗を拭った。天《てん》狗老師《ぐろうし》たちや大槻弦之助と荒地や河原を飛び回り、走り回った時の修行の辛さに比べれば、百四十人を稽古相手にするとはいえ、楽といえば楽だ。

「じつはな。その百四十人の中に、下級生だけでなく、上級生の何人かも紛《まぎ》れ込んでいた」

「道理で鋭い打突の者がいるな、と思った。上級生じゃないかと思ったが、やはり、そうだったか」

「面を被っていたので、おれたちもすぐには気付かなかった」

「いったい、誰だ？」

権之助は首を傾《かし》げた。

「二人は顔は知っているが、名前が出て来ない。目立たない男だ」

文治郎も九三郎も頭を横に振った。

藩校生はおよそ二千人いる。そのうち、毎年二百人以上が卒業し、入れ替わりに二百人が入校して来る。何か事情があって、いったん退学した後、また戻って来た生徒もいるし、卒業出来ずに何年も留年する生徒もいる。とても、全員の名前を覚えることは出来ない。

文治郎が明仁に向いた。

「明仁、おまえなら、紛れ込んでいた上級生について知っているのではないか」

明仁は、なぜか、日新館の歴史や人事、陰の出来事などに詳しい。いわば、日新館の生き字引《じびき》だ。

「たしか、内藤《ないとう》なにがしだったと思う」

明仁も訝《いぶか》しげだった。

「内藤？　分からんな」

「調べるかい？　きっと内藤家の誰かだと思うが」

「調べずとも、いい」

九三郎が龍之介を労《ねぎら》った。

「ともかくも、お疲れさんだったな」

「まさか優勝祝いに下級生の稽古相手をさせられるとはな」

龍之介は頭を振った。

「龍之介、喜べ。こんなことは滅多《めった》にない吉事《きちじ》だ。きっといいことがある」

権之助が笑いながら、龍之介の肩をぽんと叩いた。それから、声を張り上げていった。

「下級生のみんな、稽古をつけてくれた望月先輩に対し、感謝いたせ。その場でいい。立礼《りつれい》！」

権之助の声に下級生たちは、その場で姿勢を正し、龍之介に向かって一斉に立礼した。

「望月先輩、ありがとうございました！」

「先輩、ありがとうございました！」

「まいったな」

龍之介は照れて頭を掻いた。

権之助たちは、感謝されて当然という顔で龍之介を見守っていた。

「あ、先生」

明仁が声を上げた。龍之介が振り向くと、指南役佐川官兵衛が笑顔で立っていた。

「何を騒いでいるのか、と思ったら、龍之介、おぬしが来ていたからか」

龍之介は慌てて手拭いを稽古着の懐《ふところ》にねじ込んだ。

「失礼しました。ご挨拶にも上がらずに」

「ちょうど、よかった。おぬしに、ちと話がある。着替えたら、わしの部屋に来い」

「はい」

龍之介は、みんなと顔を見合わせた。佐川官兵衛は堂々とした態度で、見所へと引き揚げて行った。

四

「失礼します」

龍之介は、師範室の扉を開けた。

佐川官兵衛は座り机の前にきちんと正座し、筆で書き物をしていた。

「おう、龍之介か。少し待て。すぐに終わる。そこの火鉢にあたっておれ」

官兵衛は部屋の真ん中に据えてある大火鉢に顎《あご》をしゃくった。

龍之介は大火鉢の前に正座した。炭火は消えかかっていた。火箸で灰を掻き回し、消し炭の火に空気を送った。

炭箱から炭を数個取り出し、消えかかった炭火を囲むように載せた。口を火に寄せ、灰が立たぬように、かすかに息を吹きかけた。炭火は生き返ったように強火になった。

「うむ。終わった」

官兵衛は、満足気にうなずいた。筆を筆箱に収め、硯の箱の蓋を閉めた。

「龍之介、待たせたな」

「いえ」

「今度、西郷頼母殿が、おぬしの後見人になるそうだな」

「はい」

「挨拶に行ったか？」

「いえ、まだ頼母様にはご挨拶していませんが」

「頼母殿が後見人ならば、ひとまず安心。北原嘉門殿も一乗寺常勝殿も、おいそれとおぬしに手出しができん」

官兵衛は満足気にうなずいた。

「頼母殿にお会いしたら、今後の身の振り方をよく相談するがいい」

「はい」

龍之介は、今後の身の振り方をどうするか、といわれて戸惑った。ちゃんと卒業するまで、まだ日新館には、一年以上は通《かよ》わねばならない。日新館を途中で退学し、藩の命じるお役目に就けということなのか。

官兵衛は改まった口調でいった。

「話というのは、筧主水介《かけいもんどのすけ》を毒殺した下手人《げしゅにん》が分かった」

「下手人が分かったのですか」

「うむ。仙吉《せんきち》という男だと分かった」

龍之介は、脳裏《のうり》に筧主水介の最期の様子を思い浮かべた。

筧主水介は、若年寄一乗寺昌輔の小姓として、江戸上屋敷に詰めていた。兄真之助が乱心し、昌輔に斬りかかった時、昌輔の盾となって守ろうとし、斬られた近侍だった。右腕を失い、養生のため、国許に帰っていた。

兄真之助乱心のいきさつや原因について、よく知る一人だった。しかし、上から他言無用と、喋るのを固く禁じられていた。

龍之介は筧主水介をよく知る佐川官兵衛を通して、兄真之助が、どのように死んだのか、その様子を聞かせてほしい、と懇願していた。

筧主水介は龍之介の切なる願いに同情し、話をしようと折れてくれた。龍之介が佐川官兵衛と一緒に筧家を訪ねたその日、筧主水介は、望月龍之介の名義で贈られた毒入りの酒を飲み、死んでしまった。そのため、龍之介は、兄の死ぬ時の様子を聞くことが出来なかった。

筧主水介は、死ぬ間際に、最後の力を振り絞り、龍之介に「真之助は、決して悪くない、……正そうとした」と告げた。そして「味方の顔をした敵に気をつけろ」という謎に満ちた言葉を残して果てた。

毒殺したのは、口封じ。筧主水介に喋られては困る、上の誰かが命じたのであろう。

官兵衛がいった。

「目付尾田彦左衛門《おだひこざえもん》殿が、毒入りの酒を届けた鶴《つる》やの手代《てだい》を追った。鶴やの主人によると、手代の名は仙吉。捕り手たちが鶴やに踏み込んだ時には、すでに仙吉は姿をくらませていた」

「まさか江戸へ逃げ帰ったのでは？」

「うむ。目付の尾田彦左衛門殿も、仙吉が江戸に舞い戻ると踏んで、国境《くにざかい》の番所に早馬《はやうま》を出した。番所の役人に仙吉の人相書きを配り、似た男はすべて捕らえるよう手配した」

「まだ仙吉は捕まっていないのですか」

「うむ。まだ捕まえていない」

「仙吉という名前の男ですか？」

「仙吉はおそらく偽名。その男は筧主水介が江戸から会津に戻ったと同じころ、鶴やに現われた。男は仙吉と名乗り、江戸の有名な下《くだ》り酒屋の大番頭の紹介状を持っていた。紹介状には、仙吉を会津か喜多方《きたかた》の酒蔵に入れて、酒造りの修業をさせてやってくれという内容だった」

「なのに、なぜ、蔵元ではなく、鶴やで働くことになったのですか？」

「仙吉は蔵元に入る前に、酒屋で酒を売る仕事から修業したい、といったらしい」

「そうやって鶴やに潜《もぐ》り込んだのか」

「うむ。働きぶりは真面目で、よく気が付くので、店主は仙吉を気に入り、すぐに手代になった。注文取りがうまく、よくお得意様を回り、気持ち良く配達もしていた。

筧家もお得意様の一つになっていた」

「……どんな男だったのですか」

「優男《やさおとこ》で、若く、いい顔立ちの美男だった」

「いくつくらいの男だったのですか？」

「鶴やの主人によれば、二十五歳独身《ひとりみ》といっていたそうだ」

「………」

「無口で、あまり喋らず、主人や女将《おかみ》のいうことは、へいへい、となんでもよく聞き、気が利く男だったらしい。男前なので、女にもてた。女将をはじめ、女中たちはみな、仙さん、仙さんと呼んで慕っていたらしい。だから、女たちは、あの仙吉が毒入りの酒を筧主水介に贈ったという話を信じない。何かの間違いだ、と仙吉を庇《かば》っている」

「若くて男前で優男。仕事が出来て、気が利く男ですか」

龍之介は、周囲の男たちを思い浮かべた。なかなかいない。思いつかない。

「誰にも優しくて、よく気が利くので、番頭や同僚の手代、丁稚《でっち》たちの受けもよかったらしい」

佐川官兵衛はにやっと笑った。

「わしは、そういう男は信用しないことにしている。僻《ひが》みもあるがな。仙吉は、きっと裏に何かを隠している」

「そうですか」

「目付の配下たちが聞き出したことによると、男の喋り方は江戸弁を装っているが、違うらしい。奥州人《おうしゅうじん》の話ぶりでもなかったそうだ」

「どこの出といっていたのです」

「坂東《ばんどう》の武蔵《むさし》といっていたそうだ」

「武蔵の国ですか」

「それも怪しい。本当かどうか分からない。それから出自だが、鶴やに、本人は商家の出だといっていたらしいが、信用できん。おぬし、覚えておろう。寛主水介の家を訪ねようとした時、わしらを付けていた者がおったろう。あれは仙吉ではないか、とわしは見ている」

「あの尾行者の身のこなしは、只者《ただもの》ではない」

官兵衛もうなずいた。

「うむ。只者ではない。おそらく、忍びだ。もし、あれが仙吉だったら、わしたちの行動を、ずっと監視していたのだろう」

龍之介は腕組みをした。

「ところで、仙吉は、どうして、それがしを下手人に仕立て上げようとしたのですかね」

「おぬしを下手人に仕立て上げて捕らえさせ、藩に始末させようと企んだのだろう。兄に次いで弟のおぬしも人殺しだという汚名を着せてな」

「寛主水介だけでなく、なぜ、それがしも葬《ほうむ》ろうとしたのですかね」

「仙吉の背後にいる何者かは、寛主水介が、おぬしに何事かを洩らしたと思っているのかも知れない。だから、寛主水介同様、おぬしの口も封じようとしたとも推察できる」

「それがし、寛主水介殿とは、あの時、初めてお目にかかったばかり。ですから、それがし、寛殿から何も聞いていません」

「しかし、仙吉の背後にいる何者かは、そう思っておらぬ。きっと寛から、おぬしが何か聞き出したと思っている。あるいは、手紙か何かを貰っているのではないか、と」

「それがし、手紙も何も貰っていません」

「実は目付から連絡があった。あの事件の後、寛家に空き巣が入ったそうなのだ」

「空き巣？　何が盗まれたのです？」

官兵衛は頭を左右に振った。

「それが何も盗まれていなかった。簞笥や物入れなどを物色《ぶっしょく》した跡はあったが、何も盗られていなかったそうだ」

「ただの空き巣ではない……とすれば」

龍之介は、推理したことを口に出さなかった。佐川官兵衛はうなずいた。

「わしも、おぬしと同じ考えだ。空き巣に入った者は覚が書き残した遺書か手紙、あるいは、おぬしの兄上が死んだ事件に関係する、何か重要な証拠を探していたのではないか」

「官兵衛様、その空き巣は、いつあったのですか？」

「つい三日ほど前だ」

「ということは、もしかして、仙吉が空き巣に入ったとすれば、仙吉はまだ会津城下にいるということですかね」

「目付の尾田殿も、そう考え、配下の同心や目明かしを総動員して、城下各所をくまなく捜索している。だが、いまもって、仙吉の行方は杳《よう》として分からない。もしかして、誰かがやつを匿《かくま》っている恐れもある」

官兵衛は苦々《にがにが》しくいった。龍之介は訝った。

「先生、いったい江戸で何が起こっているのですか？　父上の切腹といい、兄上の乱心による刃傷沙汰《にんじょうざた》といい、それがしには、まったく不可解としかいいようがない事件が相次いでいます。いったい、何が……」

龍之介は信頼する官兵衛なら、何か教えてくれるだろうと思った。

官兵衛は、太い腕を組み、唸るようにいった。

「江戸から遠く離れた会津の我々にも、江戸で起こっていることは断片でしか聞き及んでいない。わしらも、いわば五里霧中なのだ」

龍之介は思い切って官兵衛に尋ねた。

「先生、兄上は江戸で、なぜか若年寄の一乗寺昌輔様に斬りかかった。父上は、江戸にいる誰かに抗議するように腹をかっ捌いた。その後、父上に対しては、家老の北原嘉門様が激怒し、望月家を取り潰しにしようとしなさった。兄上の刃傷沙汰に対しては、筆頭家老の一乗寺常勝様が激怒なさり、望月家を取り潰そうとなさった。つまりは、家老北原嘉門様と、筆頭家老一乗寺常勝様が、何かを隠そうとしておられるのではないのですか？」

「ううむ」

官兵衛は目を閉じて考え込んだ。

「御前仕合いでは、それがしは、二人の刺客から事実上の真剣勝負を挑まれました。北辰一刀流皆伝の根藤佐衛門は北原嘉門様の御推挙、もう一人の示現流の高木剣五郎は、一乗寺昌輔様の御推挙でした。それがし、なんとか二人の攻撃を躱して、勝ち上がりましたが、どうして、それがしの命が狙われるのか解《げ》せません」

「うむ」

「筧主水介を殺した手代の仙吉は、誰に命じられたのか。もしかして、家老の北原嘉門様、あるいは筆頭家老の一乗寺常勝様が背後にいて、仙吉に筧主水介を殺《や》れと命じたのかも……」

官兵衛は、それ以上いうな、と手で龍之介を止めた。

「龍之介、そのような何の証拠も根拠もない推論を、滅多に口に出してはならぬ」

「しかし……」

龍之介は口籠もった。官兵衛様だけは、信じていたのに。

「わしらも、いま密かに調べているところだ。たしかに何か不穏なことが、我が藩に起こっている。いや我が藩だけでなく、幕府を巻き込むような、巨大な、とてつもなく黒い陰謀が始まっているのではないかと思っている」

龍之介は、官兵衛がふと「わしら」と洩らした言葉を聞き逃さなかった。官兵衛のほかにも同志や仲間がいる、ということなのか。だが、龍之介はあえてそのことは訊かずに流した。

「巨大な、とてつもなく黒い陰謀?」

「そうだ。この日《ひ》の本《もと》の運命を左右するような巨大な陰謀だ。その陰謀を防がねば、日の本はきっと戦《いくさ》になる。なんとしても戦は防がねばならない。民のため、国のためにな」

官兵衛は何事か決意を語るようにいった。

部屋の外には、音もなく雪が降りしきっていた。

五

龍之介たちが日新館を出たのは、およそ八ツ半(午後三時)過ぎだった。行き帰りの道には、驚くほど多くの雪が降り積もっていた。

鶴ヶ城の天守閣は、降りしきる雪に隠れていた。そんな雪の中でも、日新館の前の大町《おおまち》通りでは近所の子どもたちが二手に分かれ、雪合戦をしていた。雪つぶてが通りすがりの龍之介にも飛んでくる。

大きな雪だるまが何個も作られ、赤旗、白旗が立てられて、子どもたちの陣地になっている。子どものころ、龍之介も、什の仲間と、一緒に暗くなるのも忘れて、雪合戦に興じたものだった。

分厚い雪雲に遮られて、太陽の光も地上には届かない。そのため、いつになく夕方が早くなったような気がする。

「昔は、おれたちも、あいつらのように、よく遊んだものだな」

文治郎が懐かしむように目を細めた。九三郎もしんみりといった。

「まったく。おれたち、ずいぶん歳を取ったものだなあ」

権之助がからかうように笑った。

「おいおい、まだ、おれたち、そんな歳を取ってはいないぞ。どうした、九三郎、元気出せ」

「だけどなあ」

九三郎は頭を振った。龍之介も笑った。

「おい、おまえら、急に老《ふ》け込んじまって、情けない」

「やるか？」

権之助がにやっと笑い、道に積もった雪を一抱え持ち上げた。龍之介も足許の雪を両手で集め、いきなり九三郎の顔に浴びせかけた。

権之助も抱えた雪を隣の文治郎の顔にぶつけた。

「不意打ちはひでえ」「あ、卑怯者。やったなあ」

九三郎と文治郎は、雪を顔に浴び、全身雪だらけになった。

「隙あり！」

明仁も雪の塊《かたまり》を作り、今度は龍之介に投げ付けた。龍之介はいきなりの雪の塊を反射的に手で払い落としたが、雪は粉々になって龍之介の顔にかかった。

「あ、つめてえ」

「野郎、やりやがったな」

権之助も九三郎と文治郎から雪の塊を顔に掛けられ、雪だらけになっている。

「合戦《かっせん》だあ」

龍之介は胴着や竹刀を雪の上に放り投げ、急いで雪を掻き集め、雪つぶてを作りはじめた。権之助も胴着や竹刀を雪の上に放り出し、慌てて雪つぶて作りに参戦する。

雪つぶてを作っている龍之介に、突然、どさっと雪が掛けられた。大量の雪が襟首から入り込んで来た。

「あ、ひでえ」

龍之介は慌てて襟首の隙間に入った雪を掻き出した。その龍之介の顔に、今度は雪の塊がどっと浴びせかけられた。雪が目に入り、一瞬、あたりが見えなくなった。

「やっちゃえ」

文治郎、九三郎、明仁の三人が龍之介に雪の塊を浴びせていた。

「あ、卑怯な」

龍之介は作ったばかりの雪つぶてが、三人に奪われてしまったのに気付いた。

「権之助、こいつら、それがしの雪玉を奪いやが……」

龍之介の顔を、何個もの雪つぶてが襲った。砕けた雪が口や鼻に入り、龍之介は一瞬、ものもいえない。

「龍之介、覚悟しろ」

いつの間にか、権之助も龍之介に雪つぶてを投げ付けている。

「あ、権之助、裏切ったな」

「ははは。裏切ったんじゃない。勝ち組に乗っただけだ」

「おのれ、チクショウ」

龍之介は道路脇の雪を両腕で掻き集め、間近にいた権之助の顔に押しつけた。

「あわわ。つめてえ」

龍之介は、ついで傍《そば》にいた文治郎と九三郎に飛びかかり、勢いよく一緒に雪面に転がった。

「やりやがったなあ」

「おお、龍之介を雪に埋めちまえ」

権之助と明仁が、雪面に転がっている三人に、両手で掬《すく》った雪をどんどん浴びせかけた。

「あ、権之助、明仁、卑怯なり」

龍之介は雪の中で必死にもがき、立ち上がろうとした。文治郎と九三郎が、龍之介を両脇から押さえ、身動き出来なくした。権之助と明仁が、龍之介の顔や軀に、大量の雪を被せる。

「参った参った。降参だ」

龍之介は音《ね》を上げて、両手を上げた。

「ははは。さすがの龍之介も参ったか」

「愉快愉快」明仁も笑っている。

龍之介は、その二人の軀を摑み、雪面に転がした。二人は龍之介に引き倒されて、雪面に顔を突っ込んだ。

文治郎と九三郎が、二人の姿を見て、大笑いしている。

「油断大敵。参ったか」

「参った。降参だ」

権之助と明仁も両手を上げた。

龍之介も笑いながら、そのまま雪面に後ろ向きに倒れて、大の字になった。

権之助や明仁も、龍之介を真似して、雪面に引っ繰り返った。文治郎も九三郎も、雪面に仰向けに寝転んだ。

雪が龍之介たちに降りかかる。龍之介は口を大きく開き、降ってくる雪を受け止めた。

「面白かったな」

「ひさしぶりだった」

「こんな馬鹿は、もう二度とできないな」

龍之介たちは、雪を口で受けながら、口々にいった。そして、みんな沈黙した。

「……あ、みんな死んでる」

「大丈夫かな」

子どもたちの声が聞こえた。

龍之介はむっくりと軀を起こした。権之助も文治郎も、九三郎も明仁も雪の中で軀を起こした。

「あ、生きてた」

雪合戦をやめた子どもたちが、龍之介たちを見て、口々に言い合っていた。

「ウォーッ。おれはオニだぞ」

龍之介は突然、両腕を上げ、大声で吠えた。

「ウォーッ。おれたちは、オニだあ」

権之助たちも一緒に吠え、むっくりと雪から立ち上がった。

「おれたちは、みなオニだぞお！」

「そこにいる餓鬼《がき》ども食っちまうぞ！」

みな雪を被った頭髪を振り乱し、子どもたちに走りかかる振りをした。

周りで興味津々《しんしん》に見物していた子どもたちは、龍之介たちの豹変《ひょうへん》に慌てて、悲鳴を上げて逃げて行った。

龍之介たちは、みな声を上げて大笑いした。

笑った後、みんなしんみりとなった。

「やれやれ、これで児戯《じぎ》は終わりだな」

「うむ。これでしまいにしよう」

龍之介は両手で袴や小袖についた雪を払った。髪についた雪も払う。

権之助や文治郎、九三郎、明仁も雪を叩いて払い落とした。

鶴ヶ城から太鼓の轟《とどろ》く音が聞こえた。下城を告げる太鼓の音だった。

六

翌日も雪は降り続いた。

鶴ヶ城は天守閣から城壁まで、真っ白な雪に覆われていた。

龍之介は両脇に白菜を一個ずつ抱え、雪道を歩いた。斜めに降る雪が行く手を塞ぐ。

龍之介は蓑笠《みのかさ》を被り、襟巻を顔にぐるぐる巻きにして、足には藁《わら》の雪沓《ゆきぐつ》を履いていた。

蓑笠の下には新巻《あらまき》一尾を背負っている。

雪道の雪は、膝まで埋まってしまうほど積もっている。強引に脚で雪を分けて歩く。

大槻弦之助が住む武家長屋に着いた時には、全身汗が噴き出て火照《ほて》っていた。

玄関先で龍之介は大声で訪《おとな》いを告げた。

障子戸ががたごとと軋《きし》みながら開き、大槻弦之助の顔が現われた。

「こんな大雪のなか、よく来たな。外は寒かろう。まあ家の中に入れ」
大槻弦之助は龍之介を招き入れた。式台に御新造のおゆきと娘の奈美の姿があった。
「ようこそ、いらっしゃいました。どうぞ、蓑笠をお脱ぎになって、お上がりくださ
い」
奈美は幼女のお幸《さち》を背負っていた。奈美はお幸をあやしながら、笑顔で龍之介を迎
えた。
「これは母からの引っ越しのお手伝いをしていただいたお礼と、今年いろいろお世話
になったことに感謝してのお歳暮です」
龍之介は両脇に抱えた白菜を御新造のおゆきと奈美に一個ずつ手渡した。ついで蓑
笠の下から、背負っていた新巻一尾を取り出し、大槻弦之助に渡した。
「まあ、こんなことをされては」
「実は西郷家から引っ越し祝いを頂きまして、とても我が家では食べきれないので、
ご近所にお裾分けしました。これも、その一部です。母が、ぜひ、大槻様ご一家にも
食べていただきたいと申していました」
「まあ。ありがとうございます」
おゆきは喜んで白菜を受け取った。奈美も傍らでうれしそうに笑い、大きな白菜を

抱えた。弦之助も荒縄に吊した新巻をためつすがめつ眺めながら喜んだ。

「おう、こんな立派な新巻鮭を頂戴するとはありがたい。これで、豪勢なお正月を迎えることができるというものだ。ありがとう。ご母堂《ぼどう》によろしくお伝え願いたい」

「そうですねえ。あなた」

おゆきは、龍之介に何度も礼をいうのだった。おゆきの傍らで、奈美も何度も頭を下げた。

龍之介は、みんなに喜んでもらえてよかった、とほっと安堵《あんど》した。

「では、これにて失礼いたします」

「もうお帰りですか。そんなことをいわず、お茶でも一杯、いかがですか」

「そうしたいところですが、ほかにも一軒、明るいうちにお訪ねせねばなりませぬので、今日のところは失礼します」

「そうですか」

おゆきは残念そうに娘の奈美と顔を見合わせた。大槻弦之助が穏やかに尋ねた。

「これから、どちらに参るのだ」

「はい。筧殿のお家です」

「筧？」

大槻弦之助の目がきらりと光った。

「龍之介、それがしも一緒に外に出よう。ちと話もある。支度をするので、それまで待て」

「はい」

大槻弦之助はおゆきと一緒に居間に戻った。

「ちょっと御免」

龍之介は、奈美に断り、上がり框《かまち》に腰を下ろし、両方の藁沓《わらぐつ》を脱いだ。藁沓の中に雪が入って足袋《たび》がびしょびしょに濡れていた。そのため、足の指が氷のように冷たくなっている。龍之介は足袋も脱ぎ、手で擦《こす》って温めようとした。

奈美が三和土《たたき》に下り、雪駄《せった》を履くと、龍之介の足許にしゃがみ込んだ。奈美は、いきなり龍之介の裸足を手で包んで温めようとした。

「あ、いけない」

龍之介は慌てて足を引っ込めようとした。だが、奈美がしっかりと足の指を握って離さなかった。

「まあ、龍之介様の足、こんなに濡れて冷たくなっている」

「奈美さん、手が汚れるぞ。やめろ」

「大丈夫です。じっとしていてください」

　奈美は頭に被っていた手拭いを解いた。龍之介の足を手拭いで優しく拭いはじめた。背中のお幸が大きな目を見開き、いまにも泣きだしそうな顔で龍之介を見つめていた。

　おれのこと、覚えているだろう？　夏の花火の時、会ったじゃないか。

　龍之介は声に出さず、唇を動かして、お幸に囁いた。お幸は、龍之介をまじまじと見ていたが、わーっと泣きだした。

「はいはい。泣かないの。幸はいい子でしょ。この人は、見かけは恐いけど、優しい人なのよ。泣かないで」

　奈美はお幸の背をとんとんと叩いて宥めた。龍之介はお幸の顔から視線を外した。お幸は、龍之介が見ていると恐がるのだろう。案の定、お幸は泣きやんだ。龍之介はお幸と目を合わせないように努めた。

　その間に、奈美は手拭いで足の水気を拭い終わると、両手で龍之介の足を包み込み、激しく擦りはじめた。龍之介は抗《あらが》わず、奈美の為すまま、じっとしていた。擦られるうちに、足に生気が戻り、だんだん温かくなってきた。

「待たせたな」

　居間の方から、合羽《かっぱ》を着込んだ大槻弦之助が現われた。御新造のおゆきも一緒だった。

「奈美さん、ありがとう。だいぶ温かくなった」

龍之介は足を引っ込め、濡れた足袋を履こうとした。奈美が龍之介の手を止めた。

「お待ちください。お母さま、お父上の乾いた足袋がありましたよね」

「そうね。龍之介さん、ちょっとお待ちになって」

おゆきはすぐに居間に取って返し、足袋を持って戻って来た。

「これをお履きになって」

「ありがとうございます。ですが、外に出れば、すぐに濡れてしまうので、濡れた足袋で大丈夫です」

大槻弦之助がうなずいた。

「いいから、奥のいう通りにしなさい。ゆき、龍之介にも、あれを」

「はい。ただいま」

おゆきは台所に入り、やがて干し唐辛子《とうがらし》の束を手に戻って来た。

「龍之介、この唐辛子を千切って、雪沓の爪先の方に差し込むんだ。そうすると足先がぽかぽかと温まり、雪が沓に入っても平気だ。しもやけもできない」

「はい。子どものころ、たしか、唐辛子を雪沓に入れたことがありました」

「そうだろう？　そういうことは忘れてはならぬぞ」

「はい」

おゆきと奈美は、唐辛子を手で千切り、龍之介の藁靴の奥に押し込んだ。

「うむ。それで大丈夫だろう」

大槻弦之助が満足気にうなずいた。

龍之介はおゆきが差し出した乾いた足袋を履き、足を藁沓に入れた。藁沓を履いた足で三和土の上を歩いた。蓑笠がゆさゆさと揺れた。

「どうだ？」

「まだ、なんとも」

大槻弦之助が龍之介の顔を覗いた。

「うむ。歩いているうちに効果が分かる」

「はい」

「では、ちょっと出かけて参る」

大槻弦之助はおゆきと奈美にいった。

「はい、行ってらっしゃいませ」

おゆきが頭を下げた。龍之介も、二人に頭を下げた。

「いろいろ親切にしていただき、ありがとうございました」

「どういたしまして。なんのおもてなしもできず、申し訳ありません」

「とんでもない。いろいろお世話になって」

龍之介は奈美にぺこりとお辞儀をした。

「行ってらっしゃいませ」

奈美が恥ずかしそうに龍之介にいった。龍之介も照れながらうなずいた。

「行って来ます」

大槻弦之助は障子戸をがらりと開け、外に出て行った。

「おう、本格的に降っておるのう」

龍之介も外に踏み出した。雪は斜めに吹きかけるように降っている。雨合羽姿の大槻弦之助と蓑笠姿の龍之介は連れ立って雪道を歩き出した。

歩きながら、龍之介は足先がぽかぽかと温かくなるのを感じた。唐辛子の効果が現われはじめたのだ。

あたり一面、白雪の世界だった。先刻よりも、さらに雪は深く積もっている。二人は鶴ヶ城のお堀端に向かった。

「先生、話というのは、何でしょう」

「うむ。先日、突然、武田広之進《たけだひろのしん》が、それがしを訪ねて参った」

武田広之進は、天狗老師の師範代だ。大槻弦之助は、天狗老師の下、真正会津一刀《しんせいあいづいっとう》流《りゅう》の修行をした。武田広之進は、かつて大槻弦之助とともに修行した兄弟弟子だった。

「天狗老師は、おぬしが御前仕合いで優勝したことを喜んでおられたそうだ」

「それがしは、天狗老師様に破門された身ですが」

「天狗老師は、龍之介、おぬしを高く買っておられた。できれば、おぬしを破門したくなかった。だが、真正会津一刀流は、他人に知られてはならぬ御留《おとめりゅう》流だ。それゆえ、他流仕合いは絶対にやってはいけない掟《おきて》だった。それを破る者は、誰であれ、破門になる。それがしも、その口で破門になった」

「はい。それがしの場合も、どうしても掟を破らざるを得ませんでした」

「だが、天狗老師は、自分が手を出すわけにはいかぬので、密かに武田広之進を通して、それがしにおぬしを助けるように、といって来たのだ。もし、おぬしが御前仕合いに勝ち抜いたら、それがしの破門は解くとおっしゃった」

「そうでしたか。破門が解けて、よかった。おめでとうございます。天狗老師様のお許しが出たのなら、また天狗老師様の許にお戻りになる?」

「いや、戻るつもりはない」

大槻弦之助は歩きながら、呟《つぶや》くようにいった。龍之介は驚いた。

「破門が解けたのに、どうしてお戻りにならないのですか？」

「それがしは、いまのままの方が身に合っている。いくら、天狗老師が戻れとおっしゃっても、それがしは、二度と戻るつもりはない。戻って天狗老師の跡を継ぐつもりもない」

「そうでしたか」

「それに、それがしは、天狗老師がそれがしの破門を解くのは間違っている、掟破りだと思っている。一度破門にした者は、どんなことがあっても、永久に破門にしなければならない。そうしないと、掟が掟にならなくなる」

「分かるような気がします。自分も、御前仕合いに優勝したとしても、破門は解けない、という覚悟があったから、先生の指導の下、必死に修行し、あれだけ闘えたのですから。それをいまさら破門を解くといわれても、応じる気持ちは、それがしもありません」

「しかし、破門されても、天狗老師は、それがしの恩師であることに変わりはない」

大槻弦之助はぼそっといった。龍之介も、同感だった。

「ところで、話というのは、そのことではない。おぬしだから、明かしておく。それがし、いまの身分は、表向き、藩から小普請組組頭を仰せつかっている。ほとんどやることがない閑職《かんしょく》だ」

「小普請組の組頭ですか。たしかに先生らしくないお役ですね」

龍之介は首を振った。

小普請組は小修繕や雑用をやる、決まった仕事がない非役《ひやく》である。およそ出世と縁がない、出世街道から外れた無能な者たちが寄せ集められた組だ。その組頭といえば、一応、長であり、聞こえはいいが、これも名目上のお役目といっていい。いわば無任所の役人である。

「この度のことで、つまり、おぬしを鍛え、御前仕合いに優勝させた功績を買われ、藩執政から新たなお役目を与えられたのだ」

「どのようなお役目ですか？」

「大目付萱野修《かやのしゅう》蔵《ぞう》様直属の隠密同心だ」

「隠密同心でございまするか！」

隠密同心は隠れ同心ともいい、身分を隠して、秘密裏《り》に重臣や要路《ようろ》の汚職や犯罪を取り調べる役回りである。

大目付の萱野修蔵は、家老職が約束されている家老十家《じゅっけ》ではないが、それに準ずる家格である。

「だから、表向きは小普請組の組頭で、裏が隠密同心というわけだ。そのため、今度はありがたいことに石高も増え、百石取りになる。住む家はいまのままだが、隠密同心のことは奥にもいってはならぬ保秘《ほひ》の人事だ。おぬしも、そう心得てくれ」

大槻弦之助は、被っている一文字笠《いちもんじがさ》を少し傾け、積もった雪を払い落とした。

「はい。もちろんのこと、それがしも他言しません。それで、隠密同心は、どのようなお役目なのですか？」

「大目付様のご下命は、目付の手にあまる、要人要路絡みの重罪や汚職の捜査だ。目付は、藩内の犯罪を取り締まるが、大目付様は、国許だけでなく、江戸府内や都にまで、手を回して捜査する権限をお持ちだ」

「ということは、父上の牧之介《まきのすけ》の切腹事件や兄真之助の乱心事件も、お調べになるということですか？」

「うむ。大目付様の許可や指示が出れば、調べることになろう」

龍之介は雪の中で足を止め、弦之助にお辞儀をした。

「ぜひとも、父上や兄上の事件をお調べください。よろしくお願いいたします」

「約束はできんが、その時には、おぬしに報《しら》せよう」

弦之助も足を止めた。向かいに雪を被った鶴ヶ城が聳《そび》えていた。雪は小降りになっていた。

「ところで、今日のことだ。大目付様から、ご下命があった。筧主水介毒殺について、目付の尾田彦左衛門様とは別に、事件の背後関係を探れとのご指示だ。おぬし、筧主水介が毒殺された事件、どこまで存じておるのだ？」

「それがし、佐川官兵衛様と一緒に現場におり、筧主水介の死を看取りました」

「さようか。目付殿の配下から聞いた話では、下手人の仙吉という男は江戸者ではないか、とのよし。仙吉が江戸からわざわざ国許にまで乗り込んで来て、筧主水介を毒殺したとなると、事件の背景には、よほどの事情があるとみえる。おそらく、仙吉に毒殺の指示を出した者は、江戸府内にいる。しかし、その江戸の黒幕に通じる者が、在所にもいるに違いない、というのが萱野様のお考えだ」

雪が降り注ぐお堀端で、弦之助は腕組みをし、城郭を睨んだ。

「それには、まずなんとしても仙吉を捕縛し、誰の指示で、筧主水介を毒殺したのかを吐かせる。聞くところによると、筧主水介家に空き巣が入ったそうだな」

「はい。妙な空き巣で金目の物は何も盗らず、物色だけした跡があったと」

「うむ。おそらく、空き巣は仙吉だ。筧主水介が書き残したものや手紙、何かの証拠の物を探したのだろう、と思う」

「そうでしょうね」

「空き巣に入られたのは、四日前だ。目付殿は、それで仙吉はまだ国許のどこかに潜伏していると踏んだ。国境の番所にも、仙吉と見られる男は、すべて足止めしろとも通達した。そして、この雪と寒さだ」

弦之助は降る雪を見上げた。

「仙吉は、きっと雪に難儀しておる。逃げるにも積雪が邪魔して、思うように動けまい。野宿もできぬ。だが、この寒さだ。夜は、どこかの旅籠《はたご》に宿を求める。あるいは、江戸の黒幕に通じる者の家に泊まる」

「なるほど」

龍之介もあたりの雪景色を見回した。一見、平穏で美しい会津の雪が、下手人の仙吉を苦しめているのか、と思うと不思議だった。

「すでに、目付殿の配下は、総力を上げて、城下の旅籠や色街の宿を順に捜索しはじめている。大目付様配下の我々も、手分けして、怪しいと睨んでいる要路の屋敷を見張り、人の出入りを探っている」

「怪しいと睨んでいる要路とは、どなたのことですか?」

「萱野修蔵様も馬鹿ではない。一乗寺家、北原家、その一族郎等の館だ」

弦之助は、ふっと笑った。そして、龍之介に、参ろうと自ら歩き出した。

二人は、人の足跡のついていない無垢《むく》でまっさらな雪道を、ゆっくりと歩き出した。

龍之介も弦之助と並び、歩調を合わせて、雪の上に足跡をつけて行く。

「して、その成果は、いかがですか？」

「まだ、与力や同心たちが手下を配置したばかりだ。何も分かっていない」

「では、大槻先生は、どの屋敷を見張るおつもりなのですか？」

弦之助は相好《そうごう》を崩して笑った。

「隠密同心は、いわば遊撃隊だ。本隊とは別に、自由に捜査する。だから、それがしは、仙吉が狙う筧主水介の何かを探すのに全力をあげる。獲物が欲しがる餌を押さえれば、きっと獲物は向こうから現われる」

龍之介は弦之助の考えに合点《がてん》した。

行く手の武家屋敷街は雪煙に霞んでいた。

筧主水介が住んでいた武家屋敷は、降る雪の中、陰鬱《いんうつ》に静まり返っていた。訪れる人もないのか、武家門の前の道には人が歩いた跡もない。

龍之介は、武家門を潜り、玄関先で訪いをした。

「御免ください。先日、伺った望月龍之介にございます」

大声で名乗った。やがて女の声の返事があり、障子戸が引き開けられた。疲れた女の顔が現われた。

「御新造様、それがし、ぜひ、お話を伺いたく、参上いたしました」

「ああ、望月龍之介様、こんな雪の中を、わざわざお越しになられたのですね。お連れ様は？」

「こちらは、それがしの剣術の先生にございます」

大槻弦之助は、さっと一文字笠を脱ぎ、御新造に一礼した。

「それがし、小普請組組頭大槻弦之助と申します。寛主水介殿とは、昔、日新館道場で稽古をした間柄でございます。本日は、ぜひ、お仏壇にご焼香させていただきたく、お訪ねいたしました」

「さようでしたか。では、どうぞ、お上がりになってください」

「では、失礼いたします」

龍之介と大槻弦之助は、蓑笠や合羽を脱ぎ、藁沓を脱いで、部屋に上がった。

家の中は人けなく、空気がひんやりとしていた。居間には炬燵《こたつ》があった。御新造は炬燵にあたっていた様子だった。

御新造は額にかかったほつれ毛を指で直しながら、寂しげに微笑んだ。

「旦那様が亡くなってから、何もする気がなくなって、子どもたちの面倒も、義父母任せになってしまいました」

「では、お義父上は？」

「義父母は、孫たちを連れて、本家に出掛けております」

奥の仏壇の間に、龍之介と大槻弦之助は案内された。仏壇には、蠟燭の炎が二つ揺らめいていた。

龍之介と大槻弦之助は正座して、仏壇に焼香をし、合掌。しばらく瞑目《めいもく》し、寛主水介の冥福を祈った。

龍之介は、御新造に向き直って尋ねた。

「空き巣に入られたそうで」

「はい。でも、何も盗まれていなかったのですよ。簞笥には、金子《きんす》もあったのですが、泥棒は目もくれなかったらしい。手付かずでした」

「寛主水介様の書状とか、書き物とかで、何かなくなったものはありませんでしたか」

「あの人からの手紙は、全部大事に取ってあります」

御新造は仏壇のお供え物の台に目をやった。そこに何通かの書状が載せてあった。

「お手紙を見せていただけますか」

「どうぞ」

御新造はお供え物の台から書状を取り、龍之介に渡した。

「中身はたいしたことは何も書いてありません。江戸での暮らしや食べ物のことか、我が家の様子を窺うものばかりで」

龍之介は書状に目を通した。弦之助も手に取り、静かに目を通している。

達筆だった。習字の師範が書くようなきちんと崩した書体で、筆力が窺えた。自分よりはるかに上手な筆だった。

「ありがとうございました」

龍之介と弦之助は、書状を御新造に返した。

「旦那様は、お帰りになられてから、どなたかに手紙を書かれましたか」

「いえ」

「何か書き物をしたとかは」

「いえ、何も書いていません。主人は右腕を失い、字が書けなくなって悔やんでいました。せめて左手で書けないか、と努力していましたが、途中でやめてしまいました」

龍之介は弦之助と顔を見合わせた。弦之助が龍之介に代わって御新造に尋ねた。

「では、ご主人は書けないので、御新造に何か言い残していませんでしたか？」

「…………」

「どんな些細《ささい》なことでもいいのです。ご主人は、生前に何かいっていませんでしたか？」

「…………」

沈黙が流れた。

御新造は黙ったまま、何かを思い出そうとしていた。

「そういえば、主人は、もし、自分の身に何かあったら、江戸のどなたかを訪ねるように、といっていました。私は縁起でもない、といってちゃんと聞いていなかったのですが……」

御新造は思案げに首を傾げた。

龍之介は弦之助と顔を見合わせた。

「大事なことです。御新造様、思い出してください。誰に会えといっていたのですか?」

　龍之介が意気込んで尋ねた。

「……万字屋《まんじや》の助蔵《すけぞう》とか……」

　弦之助が、「待て」と龍之介に目配せし、脇に置いた大刀を引き寄せた。弦之助の目は天井を見上げている。

　龍之介も天井裏に人の気配を感じた。大刀をそっと取った。

「曲者《くせもの》!」

　弦之助はいきなり大刀を抜き、天井に向かって突き上げた。刀は天井の板を貫いた。

「うっ」

　呻き声が聞こえた。次の瞬間、天井裏で動き回る音が響いた。

「龍之介、表だ」

　弦之助は抜刀した刀を手に玄関先から障子戸を開け、雪の中に飛び出した。

　龍之介もおっとり刀で続いた。

「龍之介、表を見張れ。それがしは、裏手に回る」

　弦之助はそう叫びながら、猛然《もうぜん》と雪を蹴立てて、屋敷の裏に駆けて行った。

　龍之介は、表の通りに足袋を履いた足で出た。武家屋敷の天井裏に通じる屋根の侵入口を探した。

足袋は雪で湿り、見る見るうちに、足が凍り付くように冷えはじめた。冷たい。冷たすぎる。

龍之介はついに我慢できず、玄関先に走り戻った。御新造が飛んで来て、手拭いを差し出した。

龍之介は足袋を脱ぎ、足を手拭いで拭った。藁沓に足を突っ込んだ。唐辛子はまだ残っており、だんだん足が温くなってくる。

龍之介はまた表に飛び出した。ちょうど、弦之助が刀を手に裏手から戻って来た。

「どうでしたか」

「逃げ足が速いやつだ。しかし、どこかに深手を負っているはずだ。雪面に点々と血痕《けっこん》が残っている。すぐに後を追え。それがしも、藁沓を履いたら行く」

「はい」

龍之介は、弦之助の走った跡を伝い、裏手に駆け出した。右手に抜刀した刀を持ち、もし、相手が向かって来たら、すぐに応戦する構えだった。

武家屋敷の裏手の庭には雪を被った生け垣《いがき》があった。弦之助がいったように、赤い血痕が点々と続き、生け垣に突き当たっていた。

生け垣のその箇所だけ、雪が落ち、人が通った跡が出来ていた。

龍之介は生け垣の出入口を見付け、小さな戸を開けた。庭の外に出て、血痕を探した。血痕はすぐに見つかった。

血痕だけでなく、間隔の大きな足跡が真っすぐに裏手の林に延びている。龍之介は雪を蹴立てて、足跡を追った。

足跡と血痕は林の中を抜け、その先を流れる小川に通じていた。小川の岸辺で、大量の血が雪の上にあったが、そこから足跡も血痕も消えていた。対岸の雪面にも、渡った跡はない。

曲者は川に入って逃れたというのか。龍之介は川の上流、下流に目をやった。逃げる曲者の姿はなかった。

「どうだ、いたか？」

後からあたふたと弦之助が駆け付けて来た。

「どうやら、曲者は川に飛び込んで逃げた模様です。対岸には、渡った跡がない」

龍之介の言葉を聞きながら、弦之助は川の岸辺を調べていた。やがて、顔を上げていった。

「おのれ、舟を用意しておったな」

弦之助は、岸辺の草に見え隠れしている杭《くい》を指差した。杭には、切られた纜《ともづな》が残っていた。

「曲者は纜を解くのも惜しんで、刀で切って、舟を出した。用意周到なやつだ」

弦之助は呻くようにいった。

龍之介は慌てて訊いた。

「先生、これから、どうします？」

「寛主水介が御新造に言い残した言葉、しかと覚えておるな」

「はい」

「なんと申しておった？」

「江戸の万字屋の助蔵を訪ねろ、と」

弦之助は大きくうなずいた。

「寛主水介は、死ぬ前に、きっと、その言葉をおぬしにも伝えたかったのだろう。龍之介、その言葉、決して忘れるな」

「はい」

龍之介は歯を食いしばってうなずいた。

雪はしんしんとあたりに降り続いていた。

第二章　雪中の曲者狩《くせものがり》

一

三日続いた猛吹雪は、その日の明け方、ようやくにしてやんだ。

天守閣の屋根や二の丸、三の丸の屋根に積もった雪の大部分が吹き飛ばされ、いつもの美しい鶴ヶ城の姿を取り戻していた。

城下の通りや路地を覆っていた雪も吹き飛ばされたり抉《えぐ》られて、黒い土が露出した箇所まで見える。

筧家で取り逃がした曲者《くせもの》の行方は、その後、杳《よう》として分からなかった。仙吉か否かも分からなかった。

曲者が使ったと見られる小舟は、小川が合流する本流の阿賀川《あががわ》の下流域の河原の雪の中で見つかった。舟の底には、べっとりと血糊の痕があったので、曲者は大槻弦之助の刀の突きを躱すことが出来ず、相当の深手を負ったものと思われた。

大目付の配下は、直ちに川近くの医者だけでなく、少々離れた医者まで隈《くま》なくあたったものの、傷を負って駆け込んだ男を治療した医者はいなかった。

もしかして、藩要路の誰かが曲者を屋敷に匿い、御典医《ごてんい》や蘭医に診せたのではないか、とも、大槻弦之助たちは疑ったが、大目付には、確たる証拠がなければ、要路の屋敷を捜索する権限はなかった。

大槻弦之助は、その後、小普請組の部下を連れて、筧家を訪れ、刀で突き破った天井板の修理をしたり、天井裏への侵入口を塞いだりし、筧家に張りついて、しばらくの間、監視下に置いた。

曲者が、万が一にも、舞い戻って、御新造から筧主水介の言い残した言葉を聞き出そうとするかも知れなかったからだ。だが、いままでのところ、曲者、あるいは、その仲間が筧家に来た気配はない。

龍之介は、雪が上がった折を見計らい、お世話になった西郷家に頼母を訪ねた。

「おう、龍之介、よく参った」

頼母は龍之介を見ると喜んで、書院に招き入れた。頼母はずんぐりむっくりな体付きをしていたが、その物腰から、どこか古武士《こぶし》の風格を感じさせた。関口派一刀流を習得したと聞いていたが、その腕前は分からない。

書院の間に正座した頼母は、柔和な笑みを浮かべ、龍之介に座るように促した。

「それがしの後見人をお引き受けいただき、まことにありがとうございます」

龍之介は頼母の前に平伏した。

「龍之介、後見人はまだ親父の近思だ。それがしではない。もちろん、親父が隠居したら、それがしが後見人を引き継ぐがな」

「ありがとうございます。お父上の近思様にも、後見人を引き受けていただいていることに、心から感謝しております。なんと御礼申し上げたらいいのか……」

頼母は龍之介が最後までいわぬうちに、遮るようにいった。

「そう畏《かしこ》まるな。これからは、おぬしら若い者の時代だ。それがしたちの方が世話になることになる。その時には、よろしう頼むぞ」

頼母は生れ付きなのか、話し方も直截《ちょくせつ》で気さくだった。

「官兵衛から聞いた。おぬしの身の振り方だ。今後、おぬしはどうしたいのだ？　まずは、おぬしの口から直接聞いておきたい」

身の振り方といわれても、と龍之介は答えに詰まった。頼母は重ねていった。

「おぬし、江戸へ出たいそうだな」

「はい。佐川官兵衛様にも、そう申し上げています」

「何をしに江戸へ出たいのだ？」

「正直に申し上げます。父牧之介が、なぜ切腹したのか。兄真之助が、なぜ、乱心し、若年寄様を襲ったのか。その真相を知りたいと思ってのことです」

「ふうむ。やはり、そんなことか」

頼母は、やや失望したような吐息をついた。

龍之介は、少しむっとした。父上の死や兄上の死の不可解さに疑問を持ち、それらを調べたいという思いを、そんなことか、と馬鹿にされたような気がした。

「龍之介、怒らせたのなら許せ。言葉が足りなかった。それがしも、おぬしのお父上や兄上が亡くなったことを気の毒に思っている。なぜ、お二人は非業《ひごう》の最期を遂げられたのか、知りたいと思っている。おぬしが、真相を解明し、仇《かたき》を討ちたいと思う気持ちも分からないでもない」

「…………」

龍之介は頼母が何をいいたいのか、心を澄まして聞いていた。

「だが、それだけか、とおぬしに問いたいのだ」

「…………」

龍之介は面食《めんく》らった。それだけか、といわれれば、それだけだった。

「ほかに、何があるのだ？」

頼母は諭《さと》すようにいった。

「もう仇討ちなどといっている時代ではないぞ。お父上が果たせなかったこと、兄上が乱心せざるを得なかったことを知り、おぬしが二人の思いを果たそうというのだろう？」

「はい……」

「そんな生き方をしたら、天上のお父上も兄上も、きっと悲しむぞ」

「はあ？　……忘れろとおっしゃるのですか？」

「そうではない。過去を向いて生きようとするな、といいたいのだ」

「過去を向いて生きるな、ですか」

「そうだ。おぬしら、若い者は過去を肥やしにし、明日に生きてほしい」

頼母は柔和な目で龍之介を見つめた。吸い込まれそうな澄んだ目だった。

龍之介は、まだ頼母の話が腑《ふ》に落ちなかった。己れは過去を向いて生きてなどいない、と思っている。立派に今を生きているつもりだ。それが、どうして悪いというのだ？

「現実を話そう。もし、おぬしが江戸へ出るとして、日新館はどうするのだ？　退学するのか？」

「いえ、そこまでは」

「休学を申し出るのか？」

「いえ、まだ、そんなことは」

「考えていないのだな」

「はい」

「江戸へ出るといっても、藩は許さないだろう。では、脱藩するか？」

「…………」

「脱藩して、江戸へ出たとして、いったい、どこに住むのだ？」

「…………」

「浪人者が、どうやって飯を食う？　働き口はどう見付けるのだ？」

「…………」

龍之介は、ぐうの音《ね》も出なかった。

「藩は脱藩者を許さない。おぬしが、お父上のことや兄上のことを調べようとしても、藩邸の者は誰も脱藩者には教えないだろう。協力もしない。藩内の不始末を外に洩らす者は厳罰に処せられる。藩は脱藩者を裏切り者として捕らえ、獄に入れるかも知れない。そんな状態になって、おぬしは、どう調べるというのだ？」

龍之介は、内心、参ったと思った。先々のことをまったく考えていない自分の愚かさに我ながら呆れ果てた。

「否定的なことばかり並べたが、不用意に江戸へ出ようとすれば、いずれも、すぐにおぬしの前に立ちはだかる問題ばかりだ」

「……自分が甘かったと思います」

頼母は龍之介を正面から優しく見つめた。

「おぬし、これまでは武道で名を上げた。今度は学業を修めろ」

「学業を修める？」

「そうだ。人間は剣が強いだけではだめだ。日新館が掲《かか》げる文武両道だ。龍之介、日新館にいる間に、一つでもいい、学業も修めろ」

「学業といっても何を修めろというのですか」

龍之介は訝った。

頼母は龍之介を推し測るようにいった。

「おぬし、エゲレス語かフランス語といった語学を習うのは、どうだ？」

「語学ですか」

龍之介は戸惑った。語学はあまり得意ではない。オランダ語は、どうにか読めるが、いまのところ、フランス語は少し聞きかじった程度だ。エゲレス語は習っていない。

「それがしの親しい友に、林三郎《はやしさぶろう》という学者がいる。元会津藩士で、いまは幕府に見込まれて幕臣となった男だ。それがしは、林三郎を介《かい》して勝海舟《かつかいしゅう》先生の知己《ちき》を得た」

龍之介はなんの話になったのかと思い、きょとんとしていた。頼母も、龍之介の表情に気付いたらしく、話を戻した。

「勝海舟先生については、存じておろうな」

「名前だけは聞いていますが、どんな人なのかは詳しくは知りません」

龍之介は首を左右に振った。

「そうか。詳しくは存じておらんか。それはいかんな」

頼母は顔をしかめた。龍之介はすぐさま、謝った。

「申し訳ありません」

「まあ、致し方あるまい。日新館では、勝先生について誰も教えておらぬだろうからな」

「どんなお方なのですか」

「勝海舟先生は、蘭学を学び、広く外国事情に精通なさっておられる幕臣だ。勝先生は、以前から海防の重要性を説いておられた。身分こそ下級武士だが、幕府は勝先生の学識を重用《ちょうよう》し、要路に抜擢して、国防政策などに起用している」

龍之介は考え込んだ。会津には海はない。だから、海防といわれてもぴんと来ない。

「それがしは勝先生の考えに共鳴し、先生を尊敬している」

頼母は一呼吸置いていった。

「先生のお考えでは、これからの日の本は、異国の人といろいろ付き合わねばならなくなる。異国からいろいろと学ばなければならない。そうしないと、日の本は異国に征服され、植民地にされかねない」

「異国に征服される、ですか」

「そうだ。黒船を見れば、いかに異国の文明が進んでいるのかが分かる。日の本は異国に追い付かねばならない。なのに、日の本は、薩摩《さつま》だ水戸《みと》だ、長州《ちょうしゅう》だ会津だなどと、幕府はあっても、てんでんばらばら、一つにまとまっていない。これでは、いつ何時《なんどき》、異国から攻められ、占領されてもおかしくない」

「……………」

　龍之介は黙って聞くばかりだった。

「一刻も早く異国に追い付かねばならない。そのためには、若い世代のおぬしたちが、異国の言葉を学び、一刻も早く異国の進んだ文明を習得する必要がある。鉄砲でも大砲でも軍艦でも、異国の文明は、日の本をはるかに凌駕《りょうが》している。勝先生は、そのため、海防の重要性を説き、長崎《ながさき》に海軍伝習所を開設した。手っ取り早く、軍艦を操《そう》船《せん》できる人材を養成しようという試みだ」

　龍之介は、海軍伝習所と聞いて、嵐山光毅《あらしやまこうき》に殺された大口楠道《おおぐちなんどう》教授を思い出した。大口先生は、藩から和蘭語語学研修のため、長崎に派遣された人だった。

　頼母は「分かるか」という顔をした。

「思い出しました。日新館にも、海軍伝習所に入りたいという先輩がいました」

　先輩の横山勇左衛門《よこやまゆうざえもん》が、大口先生の遺髪を持って、長崎へ行くといっていた。大口先生の許婚《いいなずけ》に、大口先生が亡くなったことを伝えるために。だが、横山先輩は、長崎に着いたら、ぜひ海軍伝習所に入りたいといっていた。先輩はうまく海軍伝習所に入れたのだろうか。

　頼母はうなずいた。

「長崎に行かずとも、現在、会津にはピエール大尉がいる。ピエール大尉から生《なま》のフランス語を学べる。フランスの文化を教えてもらえる」

「なるほど」

龍之介は、日新館で語学を習得するのも選択肢の一つだな、と思った。

「ところで、龍之介、おぬしが日新館を卒業するのは、いつになる？」

「再来年の春です」

留年もせず、順当に行けば、という言葉は口に出さなかった。

「まずは、卒業を考えろ。それまでは、我慢だな。我慢して学業に専念する。語学ができ、学識があれば、将来、おぬしはなりたい者になれる。短絡《たんらく》的に、江戸へ出て、時代遅れの仇討ちなど考えぬことだ。もっと先を見据えて、いまは学を修めることに努める。わしがおぬしの立場だったら、そうするな」

「……分かりました。考えてみます」

龍之介は、真実、真剣に考えようと思った。

たしかに、父上や兄上の身に起こった真相を知りたい。真相が分かってから、どうするかをよく考える。

それはそれとして、これからの自分の進む道を、いま一度見直して、考えたい。拙《せっ》速《そく》な結論は出さない、と心の中で誓った。

二

雪は毎日、降ったりやんだりを繰り返しながら降り続いた。

下野《しもつけ》の国に抜ける会津西街道も、二本松《にほんまつ》に抜ける会津街道も、深い雪に埋もれてしまった。

会津城下の町はもちろん、周辺の町や村とを結ぶ道路も、雪に覆われ、行き来が出来なくなった。

あれから仙吉の行方は、まったく分からなくなった。だが、国が雪に閉ざされているのだから、仙吉はどこかに息をひそめているのに違いない。

目付の尾田彦左衛門は、仙吉も雪で身動き出来ないで、どこかに閉じ籠もっているはずだから、と配下の同心、目明かしを叱咤激励し、町や村の家や宿、寺社、空き家までも一軒一軒、調べて回るように命じた。なんとしても、年明けまでに仙吉を捕縛する。尾田彦左衛門は、そう宣言していた。

大目付の萱野修蔵も、大っぴらには命じないものの、目付が手を出せない武家屋敷で、目星をつけた屋敷に密偵を送り込み、不審な人物が潜《ひそ》んでいないかを調べさせていた。大槻弦之助も、隠密同心として、探索を続けていた。

だが、いまのところ、目付も大目付のどちらも仙吉の足取りさえ辿《たど》れずにいた。

日新館は藩校生全員で、屋根からの雪下ろしや雪掻きを行ない、冬休みに入った。

道場と書庫だけは休みに入っても、藩校生は出入り出来たが、ほかの施設は、射撃練習場と弓場を除いて、すべて閉鎖された。

龍之介は権之助と連れ立ち、毎日道場に通い、稽古に励んだ。一つには、上級生として下級生に稽古をつけるためだったが、稽古を休むと、どうしても軀が鈍ってしまうためだ。

同様に文治郎と九三郎は射撃練習場に通い、指導教官の下、射撃訓練を行なっていた。寒冷期での銃器の扱いに習熟しておくためだ。

明仁はといえば、ひとり書庫に通い、日本史の研究に勤《いそ》しんでいた。

龍之介は道場の帰りに、フランス語教本を手にピエール大尉の宿舎を訪ね、フランス語会話の練習を始めた。ピエール大尉の下には、龍之介以外にも、語学習得のために、七、八人が通い、フランス語会話を楽しんでいた。

ピエール大尉は、本国からフランス語の小説本を何冊も持って来ていた。いずれも、分厚い本で、中に挿し絵が入った本もあった。

スタンダールとか、バルザックという著者の本で、龍之介の語学力や生半可《なまはんか》な知識では、とても歯が立たない本だった。だが、ピエール大尉から、そうした本を借りて読んでいる者たちもいた。

その藩校生たちがピエール大尉とフランス語で、書かれている物語や登場人物の人生観について、あれこれ感想を言い合っているのを見て、龍之介も羨ましく思い、フランス語教本をあらためて学習した。

ピエール大尉から、物語の粗筋《あら》を聞き、主人公の青年ジュリアン・ソレルの立身《りっしん》出世《しゅっせ》の野心や激しい恋、その挫折を知り、龍之介は小説の魅力、奥の深さ、学識教養の大事さを思うのだった。その時、龍之介は、初めて文学の存在を知った。

大晦日《おおみそか》の除夜《じょや》の鐘の音が、近くの寺から聞こえてくる。

龍之介は、両手に息を吐きかけて温めた。吐く息が真っ白だった。

龍之介は一家揃って諏訪神社の参詣《さんけい》客の列の中にいた。

雪の境内には参道沿いに篝火《かがりび》が焚かれ、参拝客の列を明るく照らしていた。

境内の広場には、一際《ひときわ》大きな焚火が炎を上げて燃え盛っていた。その付近だけは、雪が融けて土が見えている。

参拝を終えた人たちが焚火を囲み、暖を取っていた。焚火の近くでは、酒樽が開けられ、法被《はっぴ》の男たちの手によって、枡《ます》に入れたお神酒《みき》がふるまわれていた。

お神酒を飲んだ男や女たちは、一様に顔を赤くし、陽気に笑い合っている。

参道の雪は前日までに掻き出されて、境内の一角に山となっていた。子どもたちが、その雪の山に登ったり、小さな橇《そり》で滑《すべ》り下りたりしている。

「まあ、こんな夜中に、子どもたちが遊んでいる。親御さんたちは何をしていなさるんかねえ」

祖母のおことが聞こえよがしにいった。

母理恵は姉加世と顔を見合わせて笑った。

龍之介もつられて笑った。

毎年大晦日の夜中、諏訪神社に参詣に来ると、決まって雪の小山で遊ぶ子どもたちがいる。すると、祖母は決まって同じ台詞《せりふ》をいった。毎年の恒例だった。

祖母は、どうして笑うの、と不機嫌な顔になる。これも恒例のことだ。

「あ、大槻様たちですよ」

母が後ろを振り返り、龍之介に告げた。

振り向くと、参道に並ぶ参詣客の列に、大柄な大槻弦之助と御新造のおゆき、娘の奈美の姿があった。弦之助は幼いお幸を抱いていた。

龍之介は、手を上げた。

「大槻様」

いち早く奈美が龍之介を見付け、恥じらいながら頭を下げた。

大槻弦之助とおゆきも、龍之介たちに気付いて、頭を下げた。

「一緒にお参りしましょう」

母は、龍之介と加世、祖母に、後ろの参拝客たちに順番を譲るようにいい、大槻一家が来るのを待った。

母はおゆきに話しかけた。

「よくお会いしますね。新盆《にいぼん》の時にもご一緒しましたね」

「ほんとに。きっとご縁があるのでしょうね。先日は結構な新巻と白菜を頂き、ありがとうございました。お正月のご馳走にさせていただきます」

母の理恵とおゆきは歩きながらお喋りを続けている。

「さっちゃん、だいぶ大きくなりましたね。まあ、可愛い」

姉の加世は弦之助が抱っこしたお幸の手を握り、あやしながら話しかけている。

「もう這い這いしている。まもなく立っちするんじゃないかな」

弦之助の陰から、奈美のいたずらっぽそうな黒い瞳が龍之介を見つめていた。

幸は加世に両手をつき出し、抱っこをせがんだ。

「はいはい。わたしのところにおいで」

加世はうれしそうに笑い、弦之助から幼女を受け取り、胸に抱いた。

「あ、いい匂いがする」

「どれ、それがしにも」

龍之介は幼女に両手を出した。お幸は、大きな目で龍之介を見ると、泣きそうな顔になり、さっと顔を背《そむ》けた。

「おいおい、それはないだろう」

「龍之介、あなたのことは嫌いだって」

加世はうれしそうに笑った。

「どれどれ、わたしに抱かせて」

今度は母理恵が加世の胸の幼女に手を伸ばした。幼女のお幸は素直に母の手に移っていった。

「いい子ねえ。わたしはいいのね」

「まあ、幸は甘えん坊ねえ。優しい人にすぐ甘える。誰に似たのかしらねえ」

おゆきは弦之助を見て笑った。

弦之助は素知らぬ顔をし、本殿の前の参拝客たちを見ていた。

龍之介はそっと奈美と並んで立った。右手の甲が奈美の手に触れた。奈美はちらっと龍之介の顔を見た。龍之介は知らん顔をした。奈美は龍之介の手を握った。驚いて奈美を見ると、奈美は素知らぬ顔をしていた。長い袖が二人の握り合った手を隠していた。

後ろから視線を感じ、顔を向けると、祖母が険しい顔で睨んでいた。龍之介は奈美の手を離し、額の汗を拭った。奈美も後ろの祖母に気付き、龍之介を見てちょろりと赤い舌を出して笑った。

手水舎《てみずしゃ》で、それぞれ、手や口の禊《みそぎ》をした。

ようやく、本殿の前に出ていた。

両家の家族は、横一列に並んだ。

弦之助と龍之介が両家を代表し、紐を揺らして賽銭箱の上の鈴を鳴らした。ついで、みな、それぞれ、ばらばらに小銭を賽銭箱に放り込んだ。

姿勢を正し、深くお辞儀を二回。

両手を打って、二回。

手を合わせて、心をこめて祈る。

最後に、もう一度、深いお辞儀をした。

顔を上げると、少し遅れて奈美が顔を上げた。奈美は龍之介と目が合うと、うなずいた。

龍之介の家族と大槻家の家族は、一年の厄落《やくお》としという大仕事をした思いで、参道に戻った。

「寒くなりましたね」

「焚火にあたって温まりましょう」

みんなでぞろぞろと焚火の近くに寄った。

寒いのに法被姿の男たちが、龍之介たちを迎えた。

「さあ、お神酒を飲みなせえ」

「寒かったでしょう」

法被姿の男たちが酒樽から柄杓《ひしゃく》で掬い上げたお神酒を枡に注《つ》いで、弦之助や龍之介たちに手渡す。

「さあ、奥様方もお嬢さんも、温ったかい甘酒を召し上がれ」

法被姿の男たちは、理恵やおゆき、加世や奈美に桝に入れた甘酒を渡して行く。

龍之介は桝の縁に載せられた粗塩を舐め、清酒を喉に流し込んだ。弦之助も桝酒を頂いている。

母やおゆき、祖母たちも、うれし気に、互いにお喋りをしながら甘酒を飲んでいた。

「龍之介さん」

法被姿の男が親しげな声をかけて来た。

「お、鮫吉《さめきち》」

会津掬水組《きくすいぐみ》の首代《くびだい》鮫吉だった。会津掬水組は会津を根城《ねじろ》にした博徒たちである。弦之助がじろりと鮫吉を見たが、龍之介が親しそうに話していたので、家族の方の話に加わった。

「鮫吉は江戸に戻った、と思っていたが、まだこちらにいたんだな」

「へえ。何かと野暮《やぼ》な仕事が回って来て、抜けるに抜けられなくなり、今年はこちらで年越しになりやした」

「でも、ご家族にとっては、よかったんじゃないか」

「あっし、こう見えても独《ひと》りもんでして」

「あ、そうだったか」

　鮫吉は、母理恵や姉加世に、おゆきや奈美、弦之助にまで、頭をぺこぺこと下げた。母も姉も彼岸《ひがん》の灯籠《とうろう》流しに駆け付けた鮫吉に会っていて、覚えていた。

「ところで、龍之介さん、噂、聞いてますよ」

「なんの噂？」

「人を捜していなさるって」

　龍之介はどきりとした。

　鮫吉らは闇の世界に通じている。もしかして、仙吉の行方を知っているというのだろうか？

　鮫吉は脇に寄り、小声で囁いた。

「筧主水介様を毒殺した男を捜していなさるんじゃねえんですかい」

「仙吉の居場所を知っているのか？」

「仙吉って名前でやすか」

「仙吉というのは、鶴やで手代として働いていた時に名乗っていた名前だ。だが、おそらく偽名だ」

「男の特徴は何かありますかい？」

「目鼻立ちが整った、美男子。女にもてる、いい男という話だ」

「女にもてる？」

鮫吉はふっと笑った。

「そんなの特徴じゃねえなあ。顔に刺青《いれずみ》をしているとか、鼻がひん曲がっているとか」

鮫吉は笑いながら頭を振った。

「鮫吉がいう男は、どんな男だ？　そうだ、怪我をしていないか」

「ああ。やつは脇腹に怪我をしていやした。刀で刺された傷だと」

「そいつだ。どこで見かけた？」

龍之介は勢い込んでいった。

鮫吉は周囲に目を配った。

「……内緒の話ですぜ。その野郎、あっしらの賭場に遊びに来たんでさあ。晒《さら》しを腹にぐるぐる巻きにし、時々、痛そうに脇腹の傷を押さえていた。だけど、完全に治っているわけじゃねえから、晒しに血が滲み出ていた」

「その怪我について、その男はなんといっていた？」

鮫吉はにやっと笑い、小指を立てた。

「まぶだちの女と、これ《これ》別の女のことで揉めて、ぶすりと脇腹を刺されちまった、と。女の嫉妬《やきもち》はこええ、と嘆いていた」

「その男、賭場によく現われるのか？」

「いや、常連の馬喰《ばくろう》が連れて来た新面《あらめん》だ。暇を持て余して打ちに来たといっていた」

龍之介は弦之助に手を上げた。弦之助は母たちと雑談していたが、すぐに気付いて、龍之介の方にやって来た。

龍之介は鮫吉を弦之助に紹介した。

「鮫吉が、脇腹を刺された男を賭場で見かけたそうです」

弦之助は真顔《まがお》になった。鮫吉はあたりの人込みを気にしながらいった。

「本当か」

「あっしらの賭場は、顔見知りの常連さんしか遊びに来ないんでね。だから、よそ者の新面は油断ならねえ。負けるとすぐ御上にタレ込むんでね。新面はごくごく常連の信用できる上客《じょうきゃく》の紹介じゃねえと賭場で遊べねえ。そういう決まりになっているんで」

「男は土地の者か？」

「いんや違いやすね。この辺の訛《なま》りがねえ」

「江戸弁か」

「いんや江戸でもねえ。もっと西の国の訛りじゃねえかと思いやすね」

「男の名は？」

「連れて来た馬喰たちからは、やっさんと呼ばれていやした」

「仕事は？」

「鳶《とび》。本人は流れの鳶といってやしたね」

「鳶か」

弦之助は腕組みをした。鮫吉があたりを見回しながら、囁いた。

「そんな時、聞き込みに来た岡っぴきから、龍之介さんたちが血眼になって人捜しをしているって聞き付けたんで」

「それがしたちが捜しているだと？」

龍之介は大槻弦之助と顔を見合わせた。

どうして、自分たちの名が流れているのだろう？

龍之介は首を捻った。

鮫吉がにやついた。

「あんたたちが御上を焚き付け、そうでなくても、このくそ忙しい年の暮れに、おれたちに人捜しをさせているって、岡っぴきはぼやいてたんで。下《した》っ端《ぱ》のぼやきでさあ。

気にしなさんな。そん時、あっしはうっかり聞き流してしまったんでやすが、後になってふと賭場に遊びに来た新面の男を思い出した。ひょっとして、あの野郎のことじゃねえのかなと思ったんで」

「そのやっさんという男、どこに居るのか、知っておるか？」

「あっしは知りやせん。野郎を連れて来た馬喰のところじゃねえかと思いやす」

「その馬喰はどこにおる？」

「馬喰に会って訊いても、あんたたちでは、ろくに口もきいてくれやせんよ」

「どうしたらいい？」

「分かりやした。あっしが聞き出しましょう。あっしなら、馬喰たちも喋《しゃべ》る」

「鮫吉、やってくれるか」

龍之介は手を合わせた。

鮫吉は大丈夫と笑った。

「寛主水介さんとは、江戸で、一、二度一緒に飲んだことがあるんでさあ。侍なのに気さくな人で、あっしら中間《ちゅうげん》ともよく飲んだり、話をした。あの人は女房子ども思いの優しい男だった」

「それがしからも、お願いする。その男の行方、馬喰から聞き出してくれ」

「分かりやした。任せてくだせえ」

鮫吉は胸を叩いた。

法被姿の男が、桝をいくつも重ねて運んで来た。

「首代、みなさん、もう一杯、どうですか。まもなく、新年になります」

除夜の鐘が近くで響いていた。

「龍之介、鮫吉、飲むか。今年もまもなく終わる。新しい年を祝おう」

「そうでやすな」

大槻弦之助は桝酒を受け取り、神社本殿に掲げた。龍之介と鮫吉も桝酒を掲げた。

焚火に新たな薪《まき》が焼《く》べられ、火の粉が夜空に舞い上がった。焚火を囲んだ群衆からどっと歓声が上がった。

口々に新年を祝う声が聞こえた。

寒い。

龍之介は身を縮めた。

焚火から離れていたので、軀が寒さでぞくぞくする。

母や姉が龍之介たちを手招きした。

「こっちに来て、暖まって」

「あなたも御出でになって」

おゆきがすっかり寝込んだ幼女を抱えている。奈美も龍之介に微笑んでいる。

龍之介は、大槻弦之助と一緒に、家族の許に戻った。

「この一年いろいろあったものの、どうにか無事に終わりました。ありがとう、そして、新年、おめでとうございます」

龍之介は、母や祖母、姉、ついで大槻弦之助やおゆき、奈美に挨拶した。

焚火の明かりに照らされた奈美は、一際綺麗に見えた。

近所の寺の鐘楼《しょうろう》から、新年になったことを告げる梵鐘《ぼんしょう》が響いていた。

三

正月の三が日は、それまでやまなかった雪もほとんど降らず、穏やかな日々が続いた。

龍之介は、西郷家や佐川家、大槻家などへの年賀の挨拶巡りを済ませ、ようやく新居の居間に落ち着いた。

父牧之介に次いで、兄の真之助が亡くなって、まだ一年も経っておらず、喪《も》に服した正月になる。心から新年を祝う気分ではない。お節《せち》料理も家族の分しか作らず、お節振舞の用意もせず、いつもよりも、さらに倹《つま》しいお正月だった。

それでも正月の三が日には、権之助、文治郎、九三郎、明仁ら什《じゅう》の仲間が、お節料理や餅を手土産に挨拶に訪れて、新年を祝った。

新年の思わぬ来客は母方の遠縁にあたる高安蔵之丞《たかやすくらのじょう》だった。高安蔵之丞は紋付羽織袴姿に年賀の品を携えて訪ねて来た。

龍之介は、その時、若党の長谷忠ヱ門や作平爺と、屋根に積もった雪下ろしをしていた。

「龍之介、すぐに降りて来て。あなたに会いたいというお客様ですよ」

母の上擦《うわず》った声に、龍之介は忠ヱ門と顔を見合わせた。

「はい。ただいま参ります」

龍之介は、忠ヱ門と作平爺に、後のことを託して、梯子《はしご》で屋根から地上に降りた。

母は玄関先でそわそわしながら待っていた。

「母上、お客様というのは」

「高安蔵之丞様です」

龍之介に高安蔵之丞の記憶はない。どうやら、子ども時代に会ったらしいのだが、どういう機会だったのか、思い出せない。

母も滅多に会うことがない高安が、突然の正装姿で訪ねて来たことに驚いていた。

母は、とりあえず、高安を客間に通した。高安は母を前に、正座し直し、あらたまった態度で、望月家の総領である龍之介殿に、ぜひお目通り願いたいといった。

母は、高安蔵之丞の態度が尋常な様子ではなかったので、少々お待ちください、といい、龍之介を呼んだのだった。

龍之介はこざっぱりした着物に着替え、客間に赴いた。

高安蔵之丞は下座《しもざ》で畏まって正座していた。

母がお茶と菓子を出し、供応《きょうおう》していた。

龍之介が客間に入ると、高安蔵之丞は顔を引き締め、居住まいを正して頭を下げた。

龍之介は一瞬戸惑った。高安蔵之丞は、龍之介より、ずっと年上である。その年長者が床の間《とこのま》を背にした上座ではなく、その下座に座っていた。いくら望月家の総領とはいえ、はるかに年下の己れが上座に座るのは、礼儀に反するのではあるまいか。

だが、下座でずっと頭を下げている高安蔵之丞を、そのままにしておくわけにはいかない。龍之介は意を決して、床の間を背にした上座に正座した。

「高安蔵之丞様、お待たせしました」

「まずは、新年明けましておめでとうにござる」

高安蔵之丞は恭《うやうや》しく新年の挨拶を述べた。

龍之介も新年の祝詞《しゆくし》で返した。

「突然に、こうしてご挨拶に上がったのは、望月家総領の龍之介様にお願いがあってのことでござる」

「いかなことにございましょうか？」

「それがし、鴻池《こうのいけ》家の鴻池清隆《きよたか》様の名代《みようだい》として、こちらに上がりました。鴻池家の世子《せいし》誠太郎《せいたろう》様が望月家の加世様をお見初《みそ》めになり、ぜひとも、加世様をお嫁にと申しております。もし、よろしかったなら、それがし、両家の縁を取り持つ仲人《なこうど》を務めさせていただきますが、いかがにございますか」

高安蔵之丞は真剣な面持ちでいった。

「姉上を嫁に、でござるか」

龍之介は思わぬ話に驚き、母と顔を見合わせた。

「さよう。これは良縁にござるぞ」

高安蔵之丞は念を押すようにいった。

鴻池誠太郎については、兄真之助から名前を聞いたことがあった。悪い噂ではなかったが、兄よりも年上の先輩で、何かの話題で出て来た。たしか凡庸《ぼんよう》な人物だという話だったような気がする。何かで目立った人物ではない。

「鴻池家は代々が御祐筆《ごゆうひつ》を務める家柄の上士でござる。知行《ちぎょう》は四百石。鴻池誠太郎殿も、いずれ府内で御祐筆をお務めする身にござる」

会津藩の武士階級は、上士、中士、下士があり、上士、中士は羽織紐の色によって七階級に分けられ、下士（足軽）は半襟の色により四階級に分けられていた。最上級の上士は納戸《なんど》色で、家老や若年寄などの執政たちが該当する。その下に、御小姓、御奏者番などの要職の黒紐格上がおり、さらに三番目として、町奉行や御目付などの要職と一緒に御祐筆の黒紐格下がいる。四番目の身分に紺色紐組として猪苗代士《いなわしろし》がおり、望月家は上士ではあるが、その下の花色紐組に属している。

ちなみに花色紐組の下には、中士の身分がある。中士の身分は三段階あり、羽織の紐は茶色、萌黄《もえぎ》色、浅黄《あさぎ》色の順になる。

下士の足軽は四段階の色半襟を用いて分けられた。上から黒襟、大和柿《やまとがき》襟、白鼠《しろねず》襟、浅黄襟である。

鴻池誠太郎は知行も、二百石の望月家の倍も多い。家格も黒紐格下と二階級も上位になる。高安蔵之丞がいうように、たしかに良縁に違いない。御祐筆は、御上の側《そば》にいて、手紙を書いたり、記録を書いたり、書類を作ったりするお役目である。書が上手でなくてはならないし、また学識経験も豊かな人が祐筆に選ばれる。たいていは日新館で成績優秀者だった。

龍之介は、高安蔵之丞の話を聞き、姉の気持ちを推し測った。

加世は、一度縁があって、相手と結納《ゆいのう》を交わしたことがあったが、父の切腹騒ぎで、縁組は破談にされた。そんなことがあって、加世は深く心が傷ついていた。

その時の相手も、黒紐格下の上士だった。相手は父牧之介の上役の息子で、加世に一目惚れし、ぜひにお嫁にほしい、と正式に仲人を立て結婚を申し込んできた。

その息子は、兄の真之助の友人でもあり、しばしば兄を訪ねて遊びに来ていた。その時に、加世は相手に何度も会っていて、話もはずんでいた。龍之介も、加世が男と幸せそうに笑い合っているのを目にしていた。

加世はきっとこの男と夫婦《めおと》になるのだろう、と龍之介も思っていた。正式に結納まで交わしたので、龍之介も新しく義兄となる相手を尊敬していた。

その縁組が破談となった時、加世は努めて平静を装っていたが、数日、食事もせず、寝込んでしまった。恢復《かいふく》して起き上がった後、加世は、もう大丈夫と口ではいっていたが、その許婚だった相手の名前は、二度と口に出さなくなった。

加世が傷ついたのは、相手が世間体を気にして、加世を守ろうとしなかったからだ。それ以来、加世は、二度とお嫁には行かぬと心に決めた風情《ふぜい》だった。

龍之介は高安蔵之丞に頭を下げた。

「まことに、もったいない、ありがたいお話ですが、ご承知のように、父に次いで兄も昨年に亡くなったばかりでして、我が望月家はこの正月も喪に服しておるところです。ですので……」

高安蔵之丞は龍之介が話をするのを手で押し止《とど》めた。

「龍之介様、それは、先方様も重々存じ上げております。ですから、本日はまずはご挨拶だけで、先方様のご意向をお伝えし、この品をお納めいただけますよう伺った次第です」

高安は、そっと紫色の風呂敷に包まれた品を龍之介の前に差し出した。

「高安様、このようなものを受け取ることはできません」

「そうおっしゃるだろう、ということで、これは亡くなられた望月牧之介様、真之助様へのお供え物でございます」

「さようで」

龍之介は一瞬、どうしようか、と躊躇《ちゅうちょ》した。亡き父や兄の仏壇へのお供え物ということでは無下《むげ》に断るのは失礼になる。

「これも鴻池清隆様のご意向にございます。本来でしたなら、鴻池清隆様本人、誠太郎様が直接お伺いし、お仏壇にお参りしてお供えせねばならぬところですが、本日は、二人とも祐筆の初仕事として、ご家老から登城を命じられており、こちらをお訪ねできません。申し訳ございませぬが、それがしが名代としてご焼香させていただきます」

「はい。ありがとうございます」

龍之介は高安蔵之丞に頭を下げた。母も傍《かたわ》らで頭を下げていた。

「では、どうぞ」

龍之介は立ち上がり、奥の仏間に高安蔵之丞を案内した。

奥の仏壇には、灯明《とうみよう》が灯り、父と兄の位牌《いはい》を照らしていた。龍之介は仏壇の前に座り、チンと鈴《りん》を鳴らし、手を合わせ、高安の話を心の中で報告した。それから徐《おもむろ》に退き、高安に席を譲った。

高安蔵之丞は膝行《しつこう》し、仏壇の前に正座した。線香を灯明の炎にかざし、十分に火を点《つ》け、線香台に立てた。

高安が神妙に仏壇に手を合わせて祈っている間、龍之介は、どうしたものか、と考えた。

母は隣に座っていた。姉の姿はないが、きっとどこかで耳を澄ましている。

ご焼香が終わった。

高安は龍之介と母に向き直った。

「ありがとうございました」

龍之介は母と一緒に高安にお礼をいった。

「僭越《せんえつ》ながら、先程のお話、お父上様と兄上様に報告させていただきました。どうぞ、天から、縁組がうまくいくように、見守ってくださるように、と」

龍之介は機先を制され、話の穂を接ぐことも出来ずに黙った。

母が辛《かろ》うじていった。

「本人の気持ちもありますので」

「さようでございますな。どうぞ、加世様にも鴻池家のご意向をよろしくお伝えいただきたいと思います」

龍之介は思い切っていった。

「姉は、先に一度、辛い思いをしております」

「はい。鴻池様は、そのことをよく存じております。加世様のお辛いお気持ちは、十分に分かった上で、なおのこと、鴻池誠太郎様は、二度とそのような思いを加世様にはさせない、と覚悟なさっております」

「さようでございますか」

龍之介は驚いた。鴻池誠太郎は、先の破談を知っての上で、結婚を申し込んでいるとは思わなかった。

「鴻池誠太郎殿は、いったい、どこで、姉を見初めたのでございましょう？」

「西郷家をお訪ねした折に、と申してましたな。西郷家では、律子《りつこ》様が女塾を催しておられるそうで、そこで加世様の姿を何度も、お見かけしたと」

「何度も？」

龍之介は母と顔を見合わせた。女塾だから、鴻池誠太郎は参加したわけではあるまい。

「いえ。鴻池誠太郎様は、塾で何度か手紙の書き方や記録の取り方を、お教えになられたそうです。そこで利発で、よく気が利く、美しい加世様を見初めたと申していました」

そんな話は初めて聞いた。

母は顔を綻《ほころ》ばせた。龍之介も、それなら、もしかして姉も心を開くかも知れないと思った。

高安蔵之丞が帰った後、龍之介は早速、姉を居間に呼んだ。

居間に入って来た姉は、浮かぬ顔をしていた。姉はやはり聞耳《ききみみ》を立てていたらしい。

龍之介と母が話し出す前に、姉はきっぱりといった。

「お断わりしてください」

母が困った顔でいった。

「どうして？　いいお話ではないですか」

「あんな唐変木《とうへんぼく》の分からず屋とは一緒になれません」

「唐変木の分からず屋ねえ」

龍之介は苦笑した。これは駄目だ、と思った。会ったことはないが、以前、兄の話に凡庸な男だと聞いていた。姉は直感で生きる女だった。その姉が直感で唐変木と毛嫌いした相手とは、うまくいくはずがない。

母はまだ話に未練があるようだった。

「何があったのかねえ。唐変木なんていうような」

「教え方が下手なの。ぐずぐずしていて、理屈っぽくて、何をいいたいのか、分からない。見ていると苛々《いらいら》してしまう」

「あらあら」

「そのくせ、ひどく意固地で頑固なの。一度いったことは、決して変えない」

「真面目そうじゃないか」

「真面目？　とんでもない。美人と見ると、よよよと寄って行って嬉々として説明する。依怙贔屓《えこひいき》が好きな人」

「少しは、何かいいところがあるんじゃないか？」

龍之介は、什の仲間たちを思い出しながらいった。そういえば、姉は権之助や文治郎、九三郎全員を、まだ子どもね、と一刀両断していた。姉が評価しているのは、勉強の出来る鹿島明仁だけだった。

「いいところなんか、一つもない。平気で人前でおならをするし、考え事をする時には、指で鼻の穴をほじくったり、貧乏揺すりをする。不精髭《ぶしょうひげ》は生やす、頭は何日も洗った様子はない。とてもじゃないけど、一緒に暮らすのは願い下げの男だわ」

姉は容赦《ようしゃ》なく鴻池誠太郎をこき下ろし、最後にきっぱりといった。

「ともかく、この縁談、お断わりして。死んでもあんな人と一緒になりたくない」

姉は、いうだけいうと、台所の方に足音高く、引き揚げて行った。

龍之介は姉の後ろ姿を見ながら頭を振った。

「母上、だめですね。せっかくのいい縁談だけど、断るしかないですね」

母は案に相違し、にこにこ笑っていた。

「龍之介、しばらく様子を見ましょう」

「断らずにですか？」

「そう。そのうち、あの子の気分も変わるでしょう」

龍之介は訝った。

「どういうことなんです？」

「加世が、あんなにずけずけと人の悪口をいうのは珍しいこと。それだけ、相手を気にしているからよ」

「じゃあ。脈があるということですか？」

「多少はね。もしかすると、まったくの外れかも知れないけど」

母は笑いながら、湯飲み茶碗を盆に載せて片付けはじめた。

龍之介は、女子《おなご》は分からない、と胸のうちで呟くのだった。

四

日新館道場の新年の寒稽古が始まった。

道場の外は雪の原で凍り付くような寒さだが、道場の内は門弟たちの熱気に溢れていた。

龍之介は門弟たちが見守る中、師範の伴康介と、木刀による組太刀《くみだち》稽古を行なった。

いくら打ち込みの手順が決まっている稽古とはいえ、ちょっとでも気を抜けば、打ち込みや切り返しが狂い、相手を傷つけかねない。

師範はどんなに強く打ち込んで来ても、正確無比に寸止めする。当たっても、かなり打突を抑えているので、ほとんど怪我をすることはない。それでも痛いことは痛いが、我慢出来ない痛さではない。

師範との稽古が終わると、龍之介は師範代とともに大勢の門弟の稽古相手を務めるのだった。門弟の誰もが、御前仕合いに勝った龍之介と一度は立合ってみたい、と願ってのことだった。

戟門《げきもん》の太鼓が叩かれ、ようやくに新年の初稽古は終わった。

「龍之介、ご苦労さん」

「お疲れさん」「ご苦労ご苦労」

権之助や文治郎、九三郎、明仁が寄って来て、笑いながら龍之介を労《ねぎら》った。龍之介は全身にかいた汗を手拭いで手早く拭った。

道場の各所に大火鉢が置かれ、炭火が焚かれ、道場の空気を暖めている。だが、外から忍び込む寒気は、軀を動かしてかいた汗をたちまちのうちに引っ込ませる。

龍之介は権之助たちと連れ立って、着替えのため、控えの間に戻った。

そこには、やはり稽古を終えて着替えをしている北原従太郎と取り巻きたちがいた。

北原一派は龍之介にちょっかいこそ出さなくなったものの、依然として敵愾心《てきがいしん》を抱いている。

佐々木元五郎《ささきげんごろう》が聞こえよがしにいった。

「北原さん、そろそろ藩の春の人事が決まるらしいですね」

別の取り巻きの一人が応じた。

「江戸詰めの人員も決まったそうじゃないですか」

「在所に残るか、江戸へ出るか。ご家老の胸先三寸ってわけですよね。恐い恐い」

別の取り巻きが追従《ついしょう》笑いをした。

元五郎が着替えを終えた北原従太郎にいった。

「ご家老の誰かに睨まれたら、まあ、一生うだつも上げられず田舎住まいってことだろうな。ねえ、北原さん」

「……………」

北原従太郎は面白くなさそうに何事かを呟いた。周りの取り巻き連中は、何が可笑《おか》しいのか、どっと沸いた。元五郎がみんなを諭すようにいった。

「みんな、いまのうちに心して上役連中に胡麻擂《す》っておけよ。それが万事出世の鍵だぜ」

北原従太郎は肩を怒《いか》らせ、控えの間から出て行った。そのあとに元五郎たちが急いで続いた。

龍之介は着替えを終えた。権之助たちも着替えを済ませていた。

「あいつら、もう卒業後の行き先を考えている。誰かに胡麻を擂るなんて、みっともない連中だ」

文治郎が嘯《うそぶ》いた。九三郎が頭を振った。

「だけどよ、取り巻き連中の話は本当だぜ。北原従太郎たち家老の親族は、たとえどんなことがあっても安泰《あんたい》だが、藩執政や要路に縁故のない連中は、たとえ上士であっても、どうなるか分からない」

「だいたいは、みんな親の役職を継ぐことになるが、それに満足できなかったら、不幸だな」

権之助はしんみりといった。

権之助も文治郎も九三郎も、一応、みな父親の職を継ぐことになっている。

明仁がみんなを見回した。

「おい、みんな日新館にはなんのために通《かよ》っているのだ。親の役職を継ぐためか？違うだろう。親のできなかったことを成就させるために、いろいろ学んだのではなかったのか？」

龍之介は明仁のいう通りだと思った。

「そうだぜ、日新館で習ったことを生かして、親父よりも一歩、いや二歩も三歩も前に進まねば、両親に申し訳ないんじゃないか」

文治郎がぱっと明るい顔をした。

「そうだぜ。俺は絶対に砲術師になるつもりだ。親父にも、そう告げた」

九三郎も同調した。

「それがしも、山本《やまもと》先生について、砲術師の道を進むつもりだ。権之助、おぬしは何に」

　権之助は頭を掻いた。

「俺は……まだ決めていない。剣も強くないし、何をするか、考慮中だ。明仁、そういうおぬしはどうする？」

「それがしは、学問をきわめたい。将来は江戸に出て、昌平坂学問所《しょうへいざかがくもんじょ》に入って、さらに学問をして教授になる」

　明仁は自分に言い聞かせるようにいい、一人うなずいた。

「龍之介、おぬしは？」

「剣をきわめるのだろう？」

　権之助が羨ましげにきいた。

「そうだな。まだ決めていないが、夢ならある」

「夢でもいい、どんな夢だ？」明仁が笑いながらきいた。

「そうだなあ。語学を習うため、長崎に行って海軍伝習所に入りたい」

　龍之介は思わず心にあった夢を口走った。

「お、いいな。その夢。俺もそうしたい」

　権之助が目を輝かせた。文治郎が口を挟んだ。

「夢なら、それがしもある。黒船に乗って、異国に渡りたい。異国の砲術を会得したい」

「文治郎と、同じような夢はそれがしも持っているぞ。異国を見物したい。ピエール大尉の祖国フランスを見てみたい」

明仁がうれしそうに話に加わった。

「いいな。それがしも、和蘭やエゲレスに渡り、学問をしたいという夢を持っている」

「よし、全員、いい夢を持っているな。ここで、みんなで誓おうじゃないか。夢を実現するって」

龍之介はいいながら、手を伸ばした。

「いいね。賛成だ」

明仁が龍之介の手に手を重ねた。権之助も手を重ねた。

「それがしも誓うぞ」

「俺も」「それがしも」

文治郎と九三郎も権之助の手の上に手を重ねた。

「ようし、こうして五人で誓った」

龍之介は一番下になった手を、いきなり抜いて、一番上になった九三郎の手に叩き下ろした。パシンッという音が響いた。

「いてえ」

文治郎と権之助と明仁は、辛うじて龍之介の平手打ちを逃れた。

周囲にいた下級生たちが、驚いて五人の様子を見ていた。

「そう来るんじゃねえかって思った」

権之助がにやついた。明仁は手を擦《こす》り、うれしそうに笑った。

「畜生、もう一回、誓いのしっぺをやろう」

九三郎が手を出した。文治郎がその上に手を重ねた。明仁と権之助が笑いながら、手を重ねる。最後に、一番上に龍之介が手を置いた。

「やるぞ」

九三郎はさっと手を抜き、龍之介の手の甲に手を振り下ろした。その気配に、権之助も明仁もあわてて手を引っ込めた。

龍之介は逃げなかった。小気味のいい平手打ちの音が響いた。

「これでおあいこだな」

龍之介は打たれた手が痺れるのを感じた。だが、平気を装い、手を擦り合わせた。

九三郎は、やったあ、とうれしそうだった。

九三郎、文治郎、権之助、明仁、龍之介の五人は互いに顔を見合わせ、うなずき合った。

五

龍之介は日新館道場の帰りに、大槻弦之助の家に立ち寄った。

大槻弦之助と奈美は家の前の道の雪掻きをしていた。襷《たすき》掛けした奈美が甲斐甲斐《かいがい》しく雪を道端に積み上げていた。

龍之介はしばらく奈美の働く姿に見蕩《と》れていた。

「あ、龍之介様、いらっしゃいませ」

奈美は龍之介に気付き、姐さん被りをしていた手拭いを外し、ぺこりとお辞儀をした。

「おう。龍之介、さっき鮫吉が参って、いい話を知らせてくれたぞ」

大槻弦之助は龍之介を見るなり、雪掻き板の柄《え》を雪山に突き刺した。

「仙吉らしい男は下野街道筋の秘湯で、刀傷の養生をしていることが分かった」

「そうですか。どこの秘湯ですか。すぐに捕まえに行きましょう」

龍之介は勢い込んでいった。なんとしても生け捕りにし、背後にいる黒幕を吐かせる。

弦之助は笑顔になった。

「まあ、待て。秘湯は雪深い山奥にある。そこまで行くのが、だいぶ難儀らしい。そこで鮫吉が土地に明るい杣人《そまびと》を探して連れて来るそうだ」

「それは助かりますね。それで鮫吉は、いつ来るといっていましたか？」

「今日明日のうちだ」

「では、それがし、家に戻り、いつでも出かけることができるよう支度をしておきます」

「うむ。ところで、仙吉は一人ではないらしい」

「護衛がいるのですかね？」

「分からぬ。それも鮫吉が調べるそうだ」

「では、これにて失礼します」

龍之介は大槻弦之助と奈美に頭を下げて引き揚げた。

振り向くと、大槻弦之助と奈美は、雪掻きを再開していた。

　龍之介が帰宅すると、若党の長谷忠ヱ門と作平爺が家の前の通りや武家門の前を雪搔きしていた。雪は道端に堆《うずたか》く積み上げられていた。

　龍之介は家に入ると、早速に風呂に入って、稽古の汗をゆっくりと流した。下帯を洗い晒しの下帯に取り替え、新しい下着を着込んだ。脚絆《きやはん》や裁着袴《たつつけばかま》も用意した。雪に備えて、蓑笠を揃えて玄関先に用意した。

「龍之介、いったい、どうしたというのです？　まるで旅支度ではありませんか」

　母が訝って尋ねた。

「明日から、大槻弦之助様と雪山に入り、寒中稽古を行なうことになりました」

「寒中稽古ですか？　新年早々なのに」

「はい。新年早々だから、ぜひ、鍛練しようと。山奥といっても、秘湯の温泉があるそうなので、稽古の後は温泉三昧《ざんまい》になるかと」

「まあ。楽しそうなお稽古ですこと」

　母はやや安心した様子だった。

　筧主水介を殺した下手人を捕らえに行くといったら、母はきっと心配する。母に心配させぬためには多少の嘘も方便と、自分自身に言い聞かせた。

翌朝、龍之介はまだ暗いうちに起き、朝餉を食べた後、大槻弦之助の家へと急いだ。

昨夜、また雪が降ったらしく、通りの家々の屋根はこんもりと丸みを帯びた雪に覆われていた。

空は依然として分厚い雪雲に覆われていて、いまにも雪が降り出しそうな気配だった。

大槻家の武家門前には、一頭の大きな荷馬に牽《ひ》かれた橇が待ち受けていた。馬は白黒の模様の胴体をしており、四肢《しし》が非常に太い。

馬が牽いている橇は、杣人たちが伐り出した木々を山奥から運び出す時に使うもので、荷台の底に半分に割った太い孟宗竹《もうそうちく》を二本並べて打ち付け、それで雪面を滑るようになっていた。

馬は首につけた飼い葉袋に顔を入れ、しきりに口を動かしていた。杣人らしい男が、荷台に腰を下ろし、煙管《キセル》を吹かしていた。

龍之介が馬橇に近寄ると、男は立ち上がった。

「おぬしは鮫吉が連れて参った樵《きこり》さんか？」

「そうですだ」

男は煙管の首を手に打ち付け、火皿の灰を雪の上に落とした。

丁度、その時、大槻家の玄関先に大槻弦之助と鮫吉が現われた。

「あ、龍之介さん、御出でなすったんですね」

鮫吉は龍之介に頭を下げて挨拶した。大槻弦之助も笑顔になった。

「おう、参ったか。来なければ、迎えがてら、おぬしの家に寄って行こうとしていたところだ」

二人とも蓑笠を被り、分厚い藁沓を履いていた。手には熊の毛皮の大きな手袋をつけていた。

大槻弦之助は、龍之介の身支度を素早く調べた。弦之助は龍之介の手袋が木綿《もめん》製の薄い生地だったのを見ていった。

「これじゃあ、雪塗《まみ》れになった時、手が凍り付いて刀が握れなくなるぞ」

「いや、大丈夫です」

「いや、駄目だ。冷たくて手が利かなくなったら、戦えぬ」

弦之助は鮫吉に顔を向けた。鮫吉は、待ってましたとばかりに、蓑笠の中から熊毛の手袋を取り出し、龍之介に差し出した。

「龍之介さん、これはマタギから借りた手袋でさあ。大槻様とあっしの手袋はありますんで、使ってください」

「かたじけない」

龍之介は熊毛の手袋を受け取った。さっそく、布製の手袋の上に、熊毛の手袋をつけた。

温かい。龍之介は手袋をつけた手と手を合わせ、ぱんぱんと叩いた。

鮫吉は熊毛の尻敷《しりしき》を出し、龍之介に渡した。

「これも、マタギや杣人が使う尻敷です。これを敷くと雪の上に腰を下ろしても冷えることはない。雪の斜面を滑り下りる時も、この尻敷に乗って滑れば、楽に下りられる」

「ほう。便利なものだな」

龍之介は熊毛の尻敷を手にして感心した。

鮫吉は笑いながら、馬の世話をしている男を大槻弦之助と龍之介に紹介した。

「こいつは樵の熊五郎《くまごろう》、通称樵の熊って野郎で、元々はマタギの親方の息子だった。だが、博打《ばくち》好きで、親代々の身上を潰してしまった」

龍之介は熊五郎を見た。

熊五郎はまるで自分のことではない、というかのように、素知らぬ顔をしていた。

「賭場で借金がかさんでいて、返せないとなって、袋叩きにされ、阿賀川に放り込まれるところを、あっしが助け、あっしが借金を肩代わりして払い、ちゃらにしてやった。その代わり、あっしの子分となり、今回の人捜しの山行きを手伝うって条件で。そうだな、熊」

「まあ、そんなもんでさ」

熊五郎は無表情のまま、うなずいた。

龍之介は鮫吉に訊いた。

「それで、仙吉は、どこにいると分かったのだ？」

鮫吉はちらりと傍らにいるおゆきや奈美に目をやり、大槻弦之助を見た。

そうか、二人の前で話すのはまずいというのだな、と龍之介は察した。

大槻弦之助が笑みを浮かべながら、おゆきと奈美にいった。

「では、参るぞ。吹雪《ふぶ》くと難儀になる。ゆき、奈美、心配いたすな。幸を頼むぞ」

「はい。行ってらっしゃいませ」

「行ってらっしゃい」

おゆきと奈美は、弦之助と龍之介にお辞儀をした。弦之助は、うむとうなずいた。

龍之介は目を伏せ、奈美に別れを告げた。

「どうどうどう」

熊五郎が荷馬を宥めながら、尻を手綱《たづな》でぴしりと叩いた。

「アオ、行くべ」

アオと呼ばれた馬は力強く肢《あし》を動かし、橇を引いて雪道を歩みはじめた。橇は動きはじめると、楽に進む。アオの吐く息が白い。

弦之助と龍之介は橇に付いている手摺りに摑まって歩く。橇は初めゆっくりと雪の上を滑って行ったが、だんだんと人が歩くよりも速くなっていく。

熊五郎は手綱を握って歩いていたが、やがて橇に足を掛けて乗った。鮫吉も慣れた仕草で、橇の荷台に跳び乗った。

「さあ、大槻様も龍之介様も橇に乗ってくだせえ。楽ですぜ」

「うむ。では、拙者も乗せてもらおうか」

弦之助は橇に乗った。龍之介も続いて橇の荷台に足を掛けて乗り込んだ。

子どものころに、橇遊びはしている。だが、橇といっても、一人乗りの小さなものだ。馬に牽かせる馬橇は、材木を積んで滑るのを見たことがあるが、乗ったことはない。普段は、太い幹の材木を乗せて走るだけに、荷台は広くて頑丈な造りになっており、馬橇は大人が何人も乗ることが出来る。

振り向くと、まだ家の前でおゆきと奈美が手を振っていた。

馬橇は人けがない通りを滑って行く。

「熊、任せたぞ」

鮫吉は橇の先端に立った熊五郎に怒鳴った。

熊五郎はアオの手綱を引きながらうなずいた。

「あいよ」

馬橇は鶴ヶ城の西出丸《にしでまる》の前を過ぎ、会津西街道に入った。会津西街道は別名下野街道ともいい、保科正之《ほしなまさゆき》によって整備された街道で、会津若松城下から南進し、阿賀川沿いに裏那須《うらなす》を抜け、下野今市《いまいち》に至る街道である。

馬橇は町中を抜けると、あたり一面雪に覆われた田圃《たんぼ》の雪原を走り出した。

雪の街道は、わずかな数の人が通った足跡しかない。その雪原に馬橇はくっきりと二本の橇の轍《わだち》を作って進んで行く。

左右に連なる山並みは、白い雪に覆われ、急な斜面の雑木林や露出した岩肌だけが黒々と陰影を作っている。

馬橇は阿賀川沿いの道をゆっくりと進んで行く。雪が降る前はあたり一面田圃だったが、いまは真っさらな雪の原になっている。

龍之介は鮫吉に尋ねた。

「それで、さっきの話だが、仙吉はいまどこにいるというのだ？」

「野郎は、山ん中の湯治場で傷の養生をしているらしい」

「湯治場？」

「熊五郎が聞き込んだ話では、刀傷を負った男が猿湯《さるゆ》にいるって話なんだ」

「猿湯？」

龍之介は訝った。

鮫吉がにやりとうなずいた。

「マタギの言い伝えに、昔、鉄砲で撃たれた猿が傷を癒すため浸かっていた温泉があるのだそうだ。それで、その湯治場は猿湯と呼ばれる」

「その猿湯は、どこにあるのだ？」

「熊五郎によれば、湯野上村《ゆのがみむら》のさらに奥の大沢村《おおさわ》にあるそうだ」

大槻弦之助が訊いた。

「仙吉は一人か？」

「いえ。連れがいるらしい」

「仲間か？」

「分からない」

龍之介は大槻弦之助を見た。

「どうします？」

大槻弦之助は静かに答えた。

「斬る」

「しかし、仙吉を生かして捕らえれば、問い詰めて、誰の命令で動いたか分かるのではないですか？」

大槻弦之助は頭を左右に振った。

「龍之介、いっておく。刺客には情け無用だ」

「どうしてですか？」

「刺客はどんなに問い詰めても決して吐かない。生きて捕まったら、刺客なら死を選ぶ」

「…………」龍之介は黙った。

御上から密命を受けたら、待ち受けているのは死だというのか。己れだったら、どうするか？　密命に殉《じゅん》じて死ぬか。父牧之介も、何かの密命を受けて死んだのだろうか？

「刺客は使命を果たしたら、姿をくらます。そうしなかったということは、まだ別の密命があったからだ」

「まだ誰かを狙っている？」

「そうだ。筧の口は封じた。次には、筧から何かを聞き出した者を始末しようとするはずだ」

大槻弦之助はじろりと龍之介に目をやった。

龍之介はぞくっと背筋に戦慄《せんりつ》が走るのを覚えた。

おれのことか？

いや、おれだけではない。筧主水介の御新造や父親も狙われる。

どのくらい走ったのだろう。馬橇は快調に走った。アオも普段の木材を運ぶ仕事とは勝手が違うのか、勢いよく橇を牽いていた。

「どうどうどう」

御者の熊五郎が声をかけ、手綱を引いて、走るアオを止めた。

いつしか、雪が降りはじめていた。目の前に半分雪に埋もれた集落の家々があった。道はその家並みの中に入っている。集落のすぐ近くに阿賀川の流れが見える。集落のあちらこちらから、湯気が立ち昇っている。強い硫黄《いおう》の臭いがした。

「ここが湯野上村の温泉場でさあ」

熊五郎がいった。

左右両側から雪の山々が迫っていた。その間を滔々《とうとう》と流れる阿賀川があり、川辺に二階建ての旅籠が数軒身を寄せ合うように建っていた。道はその集落の中を貫くように走っている。

鮫吉が馬橇から下りた。

「あっしが、ちょっくら様子を聞いて参りやす。ちょっと待っててください」

鮫吉は、それだけいうと、雪道を大股で歩き出した。やがて、一軒の旅籠に入り、姿を消した。

雪は一段と強く降り出していた。風が雪を舞い上がらせている。

大槻弦之助が熊五郎に尋ねた。

「猿湯の宿は、ここから遠いのか？」

「いんや。遠くねえ。ほんの一里もねえ。馬橇で行けば、なんの苦もねえ。すぐ着くだ」

熊五郎は顎で行く手を差した。

「この湯野上村を抜けると、北から阿賀川に合流する大沢川にぶつかるだ。そこで街道を外れて、大沢川沿いの道を進むと、谷間の奥に大沢村があるだ。その大沢村の外れの谷川に例の猿湯があるだ」

「猿湯に宿はあるのか？」

「あるだ。湯治客のための旅籠が一軒」

しばらくすると鮫吉が戻って来た。

大槻がきいた。

「どうだ、何か分かったか？」

「やっぱり横腹に刀傷を負った野郎が、猿湯の宿に若い女と長逗留《ながとうりゅう》しているそうでさあ」

「若い女？」

大槻は龍之介と顔を見合わせた。大槻は訊いた。

「どんな男だと申しておった？」

「女中の話では、刀傷を負った男は役者のように男前で、当人も旅芝居の役者だといっていたそうです」

「名は何と申しておった？」

「湯野上の旅籠に来た時には、男は半蔵《はんぞう》と名乗っていたそうだ」

「半蔵か。それで連れの女は何者だ？」

「どこかの女郎宿場で、男が請け出した女らしい。これがまたいい女で、まるで半蔵の恋女房みたいだったそうだ。女は甲斐甲斐しく半蔵に尽くしていたそうだ。旅籠の女中たちが羨むほどだと」

「女の名は?」

「お志乃《しの》という名だそうだ」

「護衛らしい連れはいなかったか?」

「二人だけだったそうだ。護衛らしい連れはいないようでやす」

鮫吉は頭を左右に振った。大槻は考え込んだ。

「追っ手は来ないと油断しているのか。それとも、何か考えがあってのことか」

鮫吉が大槻にいった。

「ところで、村の旅籠の女中たちから、馬に乗った怪しいサムライたちが、村の中をうろついていたという話を聞きやした」

「怪しいサムライたちだと?」

「サムライたちは村の宿を回り、しきりに半蔵の所在を聞き込んでいたというんでさあ」

「サムライは何人いた?」

「三頭の馬に乗って来たそうだ」

「で、そのサムライたちは、いまどこにいる？」

「そいつらは少し前に猿湯の宿に向かったそうでさあ」

「鮫吉、すぐに馬橇を出せ。急げ」

鮫吉は熊五郎に馬橇を出すように告げた。

「はいよー」

熊五郎は、手綱でアオの尻を叩いた。アオは橇を牽いて走り出した。

湯野上村の中を走る道は、雪掻きがしてあり、道の両側に雪が山となっていた。

龍之介が大槻に訊いた。

「どうしたというのです？」

「おそらく、そいつらは半蔵を消そうという刺客だ」

「しかし、どうして刺客だと？」

「我々が猿湯へ乗り込むのを知った何者かが刺客を出し、先回りさせて、半蔵を消そうとしている」

「まさか。誰が我々の動きを知っているというのです」

龍之介は驚いた。大槻は険しい顔で行く手の雪原を睨んだ。

「誰かは分からない。だが、きっと我々を監視している者がいる」

龍之介は考え込んだ。誰が我々を監視しているというのか。

雪がさらに強く降り出していた。山の上から颪も吹き下ろしはじめていた。雑木林の梢《こずえ》や枝が揺れている。

龍之介たちを乗せた馬橇は、一気に村の中を滑り抜け、村の外れに出た。

道は川を前にして右手に行く道と、真っ直ぐに進む道の二手に分かれていた。

「これが阿賀川の支流の大沢川だ。大沢村は、この川に沿って進んだ先にあんだ」

熊五郎はアオの手綱を右に引き、大沢川に沿った道に馬橇を進めた。

「うむ。たしかに何頭かの馬の足跡がある」

大槻は馬橇の行く手を指した。馬の通った跡が川沿いに、山間へ点々と延びていた。

馬橇は、その跡を追うように進んで行く。

「アオ、行け。急げ」

熊五郎はアオの尻を手綱で叩いた。

そこからはややなだらかな坂になっていた。アオは白い鼻息も荒く、雪の斜面を猛《もう》然《ぜん》と肢で掻き分けながら橇を牽いて登って行く。

「待て。止めろ」

大槻が雪面を見ながら怒鳴った。

「どうどうどう」

熊五郎は馬を止めた。

馬の足跡は坂の途中で、三方に分かれていた。

「どっちへ行きやす？」

鮫吉が大槻に訊いた。

足跡の一つは、さらに坂を登って行く。もう一つは、左手の雑木林の中に進んで行く。三頭目の馬の足跡は右手の坂を下り、川に下りて行く。

大槻はあたりの地形を見回した。

「右手の川へ向かう足跡だ」

大槻は、川に猿湯があると見込んだ。

「よかんべ」

熊五郎がアオの手綱を引き、右手に向かう足跡を追いはじめた。

いきなり、前方から耳を劈《つんざ》くような銃声が轟いた。銃声は雪に覆われた谷間に谺《こだま》した。隠れていた鳥たちが一斉に飛び立った。

アオは驚いて雪の中で肢を止めた。

「どうどう」

熊五郎はアオを宥めた。

続いて、もう一発、轟音があたりの静寂を切り裂いた。

龍之介は前方の銃声がした方角を目で探した。

大槻が怒鳴った。

「猿湯の宿はどこだ？」

熊五郎がなだらかな雪の坂の下方を指差した。

「あっちだ」

熊五郎が指差した方角に、雪を被った屋根が見え隠れしていた。雪が深く、馬橇で行くには難しそうだった。

「龍之介、参るぞ」

大槻は馬橇から雪の斜面に飛び降りた。

「はいッ」

龍之介も馬橇から飛び降り、雪の斜面に転がった。だが、雪に埋まり、手足をばたつかせて、雪面に這い出た。

鮫吉が叫んだ。

「龍之介さん、熊の毛皮の尻敷きを使いなされ。こうやって」

　鮫吉は熊の毛皮を尻に敷き、両脚を広げて、雪の斜面を滑り下りはじめた。大槻は熊の毛皮を尻に敷き、すでに坂を滑り下っていた。

「それがしも」

　龍之介は見様見真似で、熊皮を尻に敷き、両脚を前に投げ出し、雪の斜面を滑った。だが、深い雪に足を取られ、雪の中に転がった。すぐに起き、また熊の毛皮を尻に敷き滑り、また転んだ。それを何度も繰り返しながらも、どうにか熊の毛皮で滑る方法を体得しながらなんとか二人を追って雪の斜面を滑り下りた。

　滑り下りた先には川が流れていた。その川の渕に湯気が立つ野天風呂が見える。

　宿の番頭や女中が野天風呂の周りで騒いでいた。

　大槻と鮫吉は、野天風呂に飛び込み、宿の番頭と一緒に、湯に浮き沈みしている女の裸体を引き揚げようとしていた。

　龍之介は雪に転がり全身雪だらけになった姿で、野天風呂の縁《へり》に駆け付けた。

　大槻と鮫吉は番頭と一緒に、裸の女を岩風呂の縁の岩の上に引き揚げた。控えていた女中が浴衣《ゆかた》を女に掛けた。龍之介は急いで女に駆け寄った。

　岩風呂の湯は赤い血で染まっていた。

大槻と鮫吉は湯から上がると周囲を見回した。龍之介は女を抱え起こし、飲み込んだ湯を吐かせた。女は苦しそうにあえぎながら、激しく咳き込んだ。

大槻はあたりを見回しながら、鮫吉と龍之介に叫んだ。

「どこかに刺客がいるぞ。鉄砲に気をつけろ」

龍之介は背負っていた刀を抜いて周囲に目を配った。鮫吉も手斧《ておの》を持って、あたりを警戒していた。

風呂の周りには、旅籠の女中や下女、下男が集まり、おろおろしながら様子を窺っていた。あたりに怪しいサムライの姿はない。

ようやく雪の斜面を馬橇が雪煙を上げて滑り下りて来る。アオは深い雪の中を泳ぐようにもがいていた。

雪は斜めに吹きかけ、地吹雪が雪を巻き上げていた。

「お志乃、おい、しっかりしろ」

龍之介は浴衣に包まれた裸体の女を揺すり、大声で呼びかけた。番頭や女中たちが放心したように、見守っていた。

「……半様」

女は虚《うつ》ろな目で龍之介を見上げた。女に掛けた浴衣を血が染めて拡がっていく。女の顔から血の気が消えていく。

「半蔵は、どこにいるのだ？」

女の顔には死相が表れていた。

「助かったのね……よかった」

「何か言い残すことはないか？」

お志乃は大きな瞳で龍之介を見つめた。

「半様……短かったけど幸せでした」

お志乃は微笑んだかと思うと、がっくりと首を垂れた。

突然、また銃声が轟いた。川下の方だ。

大槻は刀を手に、雪の河原に躍り出た。鮫吉も慌てて河原に走り出た。

龍之介はお志乃の体を抱えて立ち上がった。

吹雪の中、川を下る小舟が見えた。黒い人影が櫓《ろ》を漕いでいる。

川岸の雪の原を、三頭の騎馬が懸命に走っていた。馬上のサムライたちは、いずれも鉄砲を手にしていた。

「番頭、舟はどこにある？」

大槻は振り向き、番頭に怒鳴った。

「あの一艘だけです」

番頭の声が返った。

その間にも、小舟は吹雪く雪の中に姿を消した。刺客の騎馬たちの姿も見えなくなっていた。

「おのれ、半蔵」

大槻は歯軋《はぎし》りしながら、刀を鞘《さや》に納めた。

雪と風はさらに強くなり、立ち尽くす龍之介たちに襲いかかった。

第三章　狐狼狸《コロリ》騒ぎの江戸

一

正月の七草粥《ななくさがゆ》も済ませ、新居での望月家のお正月は滞りなく終わった。

小正月《こしょうがつ》に入り、近所の諏訪神社の雪の境内で、歳《とし》の神を祝う伝統の火祭り、どんど焼きが始まった。

龍之介たち一族郎等《ろうとう》は、どんど焼きの焚火に、門松《かどまつ》やお札、前年の十日市《とおかいち》で買った縁起物の起き上がり小法師《こぼし》やだるまなどを焼《く》べて、お焚き上げした。

さらにみんなで、焚火で団子《だんご》刺しを焼いて、焼けた団子を食べ、無病息災、家内安全、五穀豊穣《ごこくほうじょう》を歳の神に祈った。

龍之介は傍らで、母と加世がいつになく長く両手を合わせて祈っているのに気付いた。母や加世の顔の頬は焚火に赤く染まっていた。今年はきっといいことが起こると心の中で思った。

　母も加世も、口には出さなかったが、今年にかける願いがあるのだろう。思えば、己れも、歳の神に合掌しながら、無意識のうちに何かを願った気がする。口に出せば、水の泡のように霧散《むさん》してしまいそうな淡い願いだったが。

「さあ、帰りましょう」

　母はみんなにいった。祖母をはじめ、姉も女中の小菊も、若党の長谷忠ヱ門夫婦も、みなほくほくした面持ちで境内を後にした。

　龍之介は帰る途中で母にいった。

「母上、それがしは大槻様のところに寄ってから帰ります」

「おゆき様や奈美さんによろしくいってください」

「龍之介、今日の夕餉は、かつお出汁の餅蕎麦ごっつぉ（ご馳走）ですよ。早く帰ってらっしゃい」

　加世が笑った。母が微笑みながら、付け加えた。

「鰊《にしん》の山椒漬け、鯉《こい》のうま煮も用意してありますからね」

「へええ。えらくごっつぉじゃないですか。何かいいことでもありましたか？」

龍之介は思いを巡らせた。

母がにこにこしながらいった。

「あなたがお留守の時に、また高安蔵之丞様が御出《おい》でになられたのですよ」

「そうでしたか」

高安蔵之丞は、新年早々に、鴻池誠太郎との縁談を持って来た。その時は、加世はきっぱりと断っていたが、

「龍之介、勘違いなさらずにね。またちゃんとお断わりしたんですからね」

姉は鼻をつんと上に向けていった。

「そうでしたか。高安蔵之丞殿は」

「肩を落としてお帰りになられましたよ」

母がなぜかにこやかにいった。

「また御出でになられるといって」

「何度御出でになっても、私の気持ちは変わりません。無駄ですといったんだけど」

加世が顔をしかめた。

姉上の気持ちは変わらないか、と龍之介は思った。

それでも加世の顔は、気のせいか、なんとなく和《やわ》らいでいる。もしかして脈がある

かも知れない。

「では、行って参ります。早めに帰ります」

龍之介は母たちと別れ、大槻弦之助宅に向かって、雪道を歩き出した。大勢の人が踏み固めたせいか、雪道はつるつるとして滑りやすかった。

大槻弦之助は龍之介が現われると、おゆきに「ちと挨拶回りをして参る」と告げ、家の外に出て来た。

「付いて参れ」

大槻弦之助は、いつになく無愛想な顔で、龍之介に顎をしゃくった。

猿湯の宿で、半蔵を取り逃がしたことが、大槻弦之助にとって、よほど口惜《くちお》しかったのであろう。さらに、三人の刺客たちも取り逃がし、何者かの手がかりもない。まったくの無駄足に終わってしまった。

「どちらへ参るのです？」

「萱野様の屋敷だ」

大槻は小声でいった。

萱野修蔵は、大目付である。龍之介は大目付萱野修蔵とは面識がない。人の噂では、萱野修蔵は融通《ゆうずう》の利かない、頑固な堅物と評されていた。しかし、なぜ、突然に弦之助は、萱野修蔵に会わせようというのだろうか。

「萱野様が、ぜひ、おぬしと会いたいといっている。内密の用事があるというのだ」

大槻は前を向いたままいった。

「誰かに尾行されているかも知れぬ。気を配れ」

「は、はい」

龍之介は緊張し、背後に誰かいないか、見回した。つけて来る人影はない。

萱野修蔵の屋敷は、鶴ヶ城の北出丸に面した場所にあり、物見からは城に出入りする者を監視することが出来る。

大槻は龍之介を従え、いったん、萱野家の屋敷の前を通り越した。龍之介は大槻に、屋敷はこちらでは、と声をかけようとしたが黙った。大槻は龍之介に目配せし、屋敷の裏手を指したからだ。

屋敷の裏手の道は、ほとんど雪掻きされておらず、人の通った跡が、そのまま雪の上に残って小道になっていた。

大槻は屋敷の裏口に立って、戸をこつこつと叩いた。やがて用人の侍が戸から顔を出した。大槻を見ると、何もいわず、戸を開け、大槻と龍之介を裏木戸から入れた。

用人は、戸外を見回し、尾行して来た人影はないか、確かめてから、木戸をそっと閉めた。

「こちらへ」

用人は、大槻と龍之介の先に立って屋敷に入って行く。屋敷の中は人けなく静まり返っていた。

長い廊下は薄暗く、空気が冷えていた。先に立った用人は、大槻と龍之介を控えの間に案内し、「少々お待ちを」といって姿を消した。

控えの間は床の間を前にして、廊下側と隣室との間が襖になっており、庭に面した側が障子戸だった。障子戸を通して、外の明かりが入って来るので、部屋は結構明るかった。部屋の中には大火鉢が置かれ、炭火が青い炎を上げていた。部屋の空気は、だいぶ暖まっている。

大槻と龍之介は床の間の上座に向かって並んで座った。床の間には、藪《やぶ》から出て来た虎《とら》の墨絵の掛け軸がかかっていた。花瓶には、一輪の梅の花を付けた枝が活けられてあった。

大槻は正座したまま、微動だにしない。龍之介も正座し、当主の現われるのを待った。

しばらくすると、廊下に人の気配がした。やがて、襖ががらりと開き、羽二重《はぶたえ》を着た老侍が現われた。

大槻は平伏して当主を迎えた。龍之介も慌てて平伏した。

「おう、ご苦労ご苦労。報告は聞いた。半蔵とやらを捕り逃がしたのは残念だったが、大儀《たいぎ》であった。ようやった」

「申し訳ございません」

大槻は謝った。龍之介も一緒に頭を下げた。

「して、その者が望月龍之介だな」

当主は満面に笑みを浮かべて、龍之介を見つめた。予想していたような気難しい老人ではなかった。むしろ、飄々《ひょうひょう》とした、どこにでもいそうなご隠居老人のように見えた。

「はい、さようでございます」

「望月龍之介、わしが大目付の萱野修蔵だ。よろしうな」

「お初にお目にかかります。よろしくお見知りおきくださいますようお願いいたします」

龍之介は、萱野修蔵に挨拶をした。

「おぬしのことは、御前仕合いで、よう見ていた。まこと天晴《あっぱれ》な勝ちっぷりだった」

「畏れ入ります」

「そう固くなるな。突然に呼び出され、驚いたであろう。実は、こうして、おぬしを連れて来いと大槻に命じたのには、訳があってのこと。大槻を恨むでないぞ」

「はい」

龍之介は大槻を見た。大槻は目を伏せ、済まぬという顔をした。龍之介はうなずいた。

「その訳というのは、おぬしのお父上のことだ。実は、おぬしのお父上牧之介殿と、わしは親しい間柄だった」

「…………」龍之介は初耳だった。

父牧之介は、萱野修蔵とどういう間柄だというのだろう。

「お父上が亡くなられたこと、まことに気の毒に思う。ご家族の方々は、さぞ悲しまれたことだろう。わしも陰ながら、お父上の冥福を祈っていた」

「ありがとうございます」

龍之介は、だったら、父がなぜ、切腹して果てたのか、調べてくれればよかったのに、と心の中で文句をいった。

「まことに、その通り。お父上が、なぜ、死なざるを得なかったのかを、大目付として調べるべきだった」

萱野修蔵は、まるで龍之介の心の中を見透かしたようにいった。

「そうできなかったのは、当時の筆頭家老北原嘉門殿や現筆頭家老の一乗寺常勝殿から、調べることあいならぬ、というご下命があったからだ。それも家老会議で承認された命令となると、いくら大目付のわしでも、ご家老たちの命令を無視して調べることはできない。これは分かるな」

「……分かるには分かりますが、ご家老たちは、なぜ、そのような命令を出されたのか。そのことは知りたいと思います」

「それはそうだと、わしも思う。だが、ご家老たちにも口に出せないことが、いま進行中なのだ」

「何が進行中だというのでございますか？」

「龍之介、おぬし、保秘はできるか」

「はい。保秘だというご命令が出たら、死んでも秘密を守りましょう」

「実はな、我が藩は戦《いくさ》の矢面《やおもて》になるかならぬかの瀬戸際にある。いや、もっと正確にいえば、すでにあるところでは、秘密の戦は始まっているかも知れない」

「なんですって？　秘密の戦が始まっているですと？　いったい、どこの国との戦なのですか」

「それが複雑な事情が重なり、はっきりと敵が分からないから困っているのだ。いったい、どこから矢が飛んで来るのか、分からない状態なのだ」

「…………」

龍之介は頭を振った。萱野修蔵は、穏やかに笑いながらいった。

「その重大な危機を前に、あろうことか江戸藩邸の内部で、藩を裏切るような陰謀工作が行なわれているらしいのだ」

「陰謀工作ですか？」

「さよう」萱野修蔵は目をぎろりと剝《む》いた。

龍之介は尋ねた。

「いったい、誰が、どのような陰謀工作を行なっていると申されるのか？」

萱野修蔵は苦しそうな顔をした。

「おおよその見当はつくが、証拠がない。証拠がなければ、正式な沙汰も出せない。そこで、わしはおぬしのお父上に密命を出した。陰謀工作を明らかにせよ。誰が何をしているのか炙《あぶ》り出せとな」

「どうして、父に密命を出したのですか？　父は御用所の頭取で、大目付様の配下ではなかったと思いますが」

「さよう。牧之介殿は、若年寄支配の御用所詰めで、わしの配下ではない。だから、本来なら、わしの密命なんぞ無視していい。だが、わしとお父上とは、親しい間柄ということで、調べたことを、極秘裡《ごくひり》にわしに流す約束だったのだ。ところが、牧之介殿は、そうせずに死に急いだ」

「何があったのです」

「分からぬ。そこで、息子のおぬしに、お父上の死んだ真相を突き止めてほしいのだ」

「…………」

龍之介は面食らった。

真相を知りたいのは山々だが、何の手蔓《てづる》もない。江戸にも行けないのに、どう真相を突き止めよというのか。

萱野修蔵はにんまりと笑った。

「春になったら、おぬしは江戸へ発《た》つことになる。先日の家老会議で内々にだが、おぬしの江戸行きが認められた」

「本当でございますか」

「一部に強硬な反対意見もあったが、御上《おかみ》のご意向が、おぬしを江戸へ召し上げろというお達しだったのが効を奏した。なにしろ、おぬしは御前仕合いの優勝者で、御上にかなり目をかけられている。いかなご家老でも御上のご意向に逆らうことはできない」

萱野修蔵はにやっと相好を崩した。

「という訳で、おぬしに密命を出すことにした。おぬしが江戸に出る際に、わしの書状を渡す。おぬしはわしの命令で動いている、という内容の書状だ。万が一、江戸藩邸から、おぬしの動きが怪しいと疑われるようなことがあったら、わしの書状を見せろ。大目付の密命で調べているとなれば、藩邸も口を出せなくなる」

「しかし、大目付様の配下は江戸藩邸にもいるのではございませぬか?」

「いるにはいる。だが、ろくな報告をして来ない。もしかしたら、誰かに飼い馴らされている怖れもある。信用できんのだ」

「では、信用ができる者と交替させてはいかがですか?」

「信用ができる者を派遣したが、みな江戸へ出ると変心し、いい加減な報告しか上げて来ないのだ。初めから、わしの配下だと分かれば、藩邸から動きを封じられる。調べることもできぬらしい。結局は、誰かに飼い馴らされ、どうでもいいような報告しか上げて来ないのだ」

「ふうむ」

龍之介は唸った。大目付の密命を受けるということは、大槻弦之助のように隠密同心になるわけではないのか。

龍之介は大槻弦之助に目をやった。大槻弦之助は腕組みをし、目を瞑《つむ》っていた。

「そうだ。おぬしに、密命を出すということは、隠密同心になれ、ということだ。もちろん、その役目の扶持《ふち》は出す。秘密裏に動くための資金も出す。無尽蔵《むじんぞう》というわけにはいかぬがな」

萱野修蔵は、龍之介の心を読んでいるかのようにいった。

「もし、そのお役目をお断わりしたら、どうなるのでしょう？」

「ははは。おぬしが断るとは思えぬがのう。これは御上のご意向でもあるのだぞ」

「御上のご意向でございますか？」

「そうだ。わしの出す密命は、御上の密命でもある。だから、おぬしは密命を断ることはできぬ」

龍之介は愕然《がくぜん》とした。隠密同心にならずとも、父牧之介の死と、兄真之助の乱心についての真相は調べるつもりだった。だが、密命となると、話はだいぶ違う。御上に報告する任務と責任が付加される。いい加減な真相追及は許されない。

「あらためて聞くことではないが、どうだ、密命を受けるか、断るか？」

「少し、考えさせていただけませぬか？　お引き受けするにしても、それなりの覚悟をしなければなりませぬ」

「うむ。いいだろう。江戸に出るまで、まだ時間はある。心の準備もせねばならぬだろうからな」

「ありがとうございます」

「だが、いま話したこと、一切他言無用だぞ。誰にであれ、相談することはまかりならぬ。いいな」

「はい。保秘にございますな」

「そうだ。保秘だ」

萱野修蔵は満足気にうなずいた。

萱野は、ついで大槻弦之助に顔を向けた。

「さて、大槻、待たせたな。話を戻そう。おぬしからの報告を受け、すぐに配下の者が阿賀川流域を捜索し、半蔵の足取りを追ったが、結局、小舟は見つかったものの、半蔵はどこに消えたか、足取りは依然不明だ」

「さようでございますか。では、三人の刺客については、いかがでしょうか？」

「三人の足取りは分かった。三頭の騎馬は、城下には戻らず、下野街道を上り、国《くに》境《ざかい》を越えて、行方をくらましていた」

「下野街道を上ったのでございますか」

「うむ。もしかすると、三人は江戸に戻ったのかも知れぬ」

「ということは、三人は江戸から来た刺客だと？」

「うむ。我が藩の者ではないかも知れぬ。いまなお、部下たちに調べさせておる。そのうち、何か分かるだろう」

萱野修蔵は火鉢の炭火に手をかざした。

「今日は、ここまでとしよう」

「ははっ」

大槻は畏まって平伏した。龍之介も慌てて、平伏した。

「二人に申しておく。わしの屋敷に出入りしていることを知られるな。わしがおぬしたちに会うのも秘密だ。いいな」

萱野修蔵は、そう言い置くと、立ち上がり、書院から出て行った。大槻弦之助と龍之介は、頭を下げたまま、見送った。

大槻と龍之介は、屋敷の裏口から、人目を忍んで表に出た。二人は、そそくさと大目付の屋敷から離れた。

大槻は歩きながらいった。

「龍之介、突然に、大目付のところに連れて行って悪かったな。先ほどの話、さぞ驚いたことだろう」

「はい。正直いって、まだ何が何だか分からない気分です。ですが、先生に大目付様をご紹介いただき、いまは有り難く思っております」

「うむ。しかし、驚いたな。おぬしのお父上が、大目付の密命を帯びていたとは」

「それがしも、驚きました。同時に、なぜ、父上は切腹したのか、というなぞが一層深まったように思います」

いつの間にか、夕闇が迫っていた。分厚い雪雲に日は隠れていた。

大槻弦之助と龍之介は、分かれ道に立った。

「ところで、龍之介、雪が融けはじめたら、飯盛山《いいもりやま》での稽古を行なう。いいな」

「はい。よろしくお願いします」

「いよいよ、仕上げだ」

弦之助はにやりと笑った。

何の仕上げだというのか。

龍之介は訝った。

「では」

大槻弦之助はくるりと背を向け、通りを歩き出した。

「失礼いたします」

龍之介は大槻と別れ、帰り道を急ぎながら、家老会議で自分の江戸行きが承認されたという大目付の言葉を思い出した。

憧れの江戸に行く？　しかも、隠密同心として。そう思うだけで、不安と期待が綯《な》い交ぜになるものの、心が躍った。

二

春三月。

地面を覆っていた雪が消え、会津の城下に、花の季節が戻った。

遠くに見える磐梯山《ばんだいさん》も、山頂を覆っていた雪が融け、ごつごつした山肌が現われた。木々の葉が芽吹き、野や山の残雪の中から蕗《ふき》の薹《とう》が顔を出す。梅の木の枝に、紅梅白梅が花開いた。庭や道端に水仙《すいせん》の花が咲き、春風に揺れる。

龍之介は、木刀を手に、まだところどころに雪が残っている裏山の斜面を、一足飛びに駆け上がった。目の端に大槻弦之助の姿を捉え、並走していた。

大槻が止まり、くるりと体を回して、龍之介を迎え打つ。龍之介は一瞬、地を蹴って宙に飛び、落ちると同時に、大槻に木刀を振り下ろした。大槻の体がふわりと右に飛び退き、木刀は空《くう》を切った。着地すると、大槻の木刀が龍之介に振り下ろされた。龍之介は左に泳ぐように跳び、大槻の木刀を躱す。同時に木刀を返して、大槻に突き入れる。大槻の体がふっと消え、木刀はまた空を突いた。

龍之介はすかさず木刀を引き、目の端で捉えた大槻の胴に木刀を払い入れた。大槻は木刀でぱしりと叩いて、龍之介の頭上を飛び越し、上段から龍之介に木刀を打ち下ろした。龍之介はくるりと体を回して木刀を躱し、横殴りに木刀を払って大槻の胴に入れた。

傍目《はため》から見ると、二匹の胡蝶《こちょう》が、上になったり、下になったり、飛び交《か》い、戯《たわむ》れているかのようだった。

大槻と龍之介は斜面から露出した岩と岩を巡ったり、走り回り、飛び交い、木刀を振り下ろし、打ち払い、切り返す。大きな岩の上に飛び乗り、二人は木刀で打ち合った。

大槻は龍之介の木刀を木刀ではっしと受け止めると、鋭い声で「やめ」と命じた。

龍之介は木刀で大槻の木刀を押し、飛び退き、木刀を右下段に引いて残心した。大槻も木刀を引いて残心している。

大槻も龍之介もほとんど呼吸が乱れていない。二人は互いにじっと残心しながら睨み合った。やがて、大槻が木刀を引いて携えた。龍之介も同じく木刀を引き、腰に携えた。

互いに礼を交わした。

「龍之介、よくここまで修行した。いま、おぬしと打ち合った技は、真正会津一刀流の秘技の一つ胡蝶の舞いだ。よくぞ習得した。誉めて遣わす」

「ありがとうございます。これも、先生のお陰です」

「私の見るところ、おぬしは三段に昇格する力がある」

「本当にありがとうございます」

龍之介は喜んだ。

大槻は岩の上から、ひらりと前方回転して地面に降り立った。続いて、龍之介も飛び降りる。

大槻は大きくうなずいた。

「三段は、本当なら天狗老師から真正会津一刀流の小目録を授与されるところだ」

「そうですか。ありがたき幸せです」

龍之介は大槻に頭を下げ、感謝の意を告げた。

大槻は突然、近くの森に向かって叫んだ。

「のう、武田広之進、おぬしも、そう思うだろう」

森のブナの木の上から、くるりと身を躍らせて、人影が飛び降りた。片膝立ちをして、大槻の前に座った。武田広之進だった。

「兄弟子、それがしも同意いたす」

武田広之進は神妙な顔でいった。龍之介は驚いた。

「師範代、いまの稽古をご覧になっていたのですか?」

「うむ」武田広之進はうなずいた。

大槻が笑いながらいった。

「龍之介、おぬし、気付かなかったか。まだまだだな。本日の稽古だけではないぞ。

河原での稽古も、裏那須での稽古も、師範代は密かに見ていた。そうだな」

「さようでござる。これまでのすべての稽古を、しかと拝見つかまつった」

武田広之進は笑みを浮かべ、片膝立ちで座ったままいった。

「兄弟子に、天狗老師様からの伝言を預かっております」

「ほう。老師様はなんと申された?」

「よくぞ、ここまで龍之介を鍛え上げ、真正会津一刀流の秘技を伝授した、と。その功を讃え、破門を取り消す、とおっしゃった」

「さようか」

「今後、真正会津一刀流の師範を名乗ることを認めよう、と」

「……ありがたく、そのお言葉頂戴いたした、と伝えてくだされ」

大槻は地べたに座り、磐梯山の方角に向かって、平伏した。

龍之介も大槻に倣って平伏した。

武田広之進は、大声でいった。

「龍之介にも師からの伝言がある」

「はい」

龍之介は神妙な面持ちで師範代の武田広之進を見た。

「おぬしは、御前仕合いに出場し、よくぞ他派の剣客を倒して優勝し天晴である。よってここに、その功績を讃えて、龍之介の破門も取り消すとのことだ」

「ありがたきお言葉。師範代、どうか老師様に、それがしからの御礼を申し上げてください」

龍之介は武田広之進にいった。武田広之進は続けた。

「大槻師範が見込んだように、龍之介の三段昇格を認め、小目録を与えることとする」

武田広之進は懐から、一通の封書を取り出し、はらりと中身の紙を開いた。

そこには「小目録」という文字があり、習得した技の名称が、ずらりと並べられていた。

大槻が振り向いた。

「龍之介、よかったな。天狗老師様が、おぬしの小目録をお認めになったぞ。おめでとう」

「ありがとうございます」

龍之介は、大槻と武田広之進に頭を下げ、ついで、磐梯山の方角にも頭を下げた。

うれしかった。天狗老師様が、自分の破門ばかりか、大槻弦之助の破門も取り消してくれたことに、心から感謝した。

ついさっきまで、大槻と龍之介の二人が稽古で打ち合っていた山の斜面に、本物の揚羽蝶《あげはちょう》が二匹、明るい太陽の光が射す中を、上になったり下になったり、ひらひらと舞い続けていた。

三

龍之介が大槻弦之助との稽古を終え、家の前まで戻ると、ちょうど玄関から供を連れた高安蔵之丞が帰るところだった。本日も高安は紋付羽織袴の正装だった。

高安は龍之介を見ると、相好《そうごう》を崩し、お愛想をいった。

「本日は、暖かく、いいお日和でございますな。ご当主様は、本日野稽古に御出掛けになっており、お留守と伺いましたが、先方様が、どうしても、本日中にお届けしてほしい、と申されまして、先方の心尽しの品をお届けした次第にございます。ぜひ、お納め下さいますよう」

「さようでございますか。留守にしておりまして、申し訳ありません」

「いえいえ。それがしの方が無理矢理、お訪ねさせていただいたのですから、こちらの非礼こそ、どうぞ、お許しください」

玄関先には、祖母と母と姉の三人が揃って見送りに出ていた。祖母と母はにこやかに笑みを浮かべていた。姉の加世の表情も、いつもより和らいでいた。

「もう一度、お戻りになりませんか。拙者がお相手いたしますが……」

「さようですか」

高安が戻ろうとした。

加世が手で龍之介を遮った。

「いえ、龍之介、高安様はこの後、ご家老の小原《おばら》様に呼ばれ、お訪ねしなければならないのですよ。その途中で我が家にお寄りになられたのですから、これ以上、お引き止めしては、高安様にはご迷惑ですよ」

加世はきつい目で龍之介を睨んだ。

高安は加世の物言いに、気後れした様子でいった。

「そうなのです。これから、小原様にご挨拶に伺わねばなりませぬので、本日のところは、失礼させていただきます」

「さようでございますか。では、お引き止めしません」

龍之介は高安に頭を下げた。

「では、失礼いたします」

高安は、加世、祖母、母に頭を下げ、そそくさと引き揚げて行った。

高安が帰ると、すぐに加世は祖母と連れ立って家の中に戻って行った。

「心尽しの品は、なんだったのです？」

龍之介は、そっと母に尋ねた。

「結構な絹織物でしたよ。京の西陣織《にしじんおり》の、かなりの値打ち物でした」

「そんな高価な贈り物を！　姉上は、もしや受け取らずに、突き返したのでは？」

「いえ。加世はしぶしぶでしたけど受け取りましたよ」

母は顔を綻ばせた。

「受け取ったのですか」

龍之介は首を傾げた。

「後でも、直接、お返しできる、とか言い訳してましたけど」

「よほど、姉上は鴻池誠太郎殿が嫌いなんですかね」

「さあ、どうかしら。女心は分からないわよ」

母は意味深げに笑った。

「嫌い嫌いも好きのうち、ということもあるから」

「え、母上、それはどういうことですか?」

「加世は、鴻池誠太郎様を、融通が利かないとか、鈍感な唐変木とか悪口を叩いているけど、それって、結構、気になる人だからよ。ま、見ていなさい。女は気になる人から言い寄られて、決して悪い気はしないもの」

「そうはいってもなあ。前回、きっぱりと高安殿に断ってといったんじゃないですか。今回も、きちんと断ったのでしょう?」

母は微笑んだ。

「いえ。前回は座敷に顔も出さなかったけど、今回は私たちと一緒に顔を出し、高安様にご挨拶していましたよ。まさか、高安様に面と向かってお断わりしますといって、贈り物を突き返すのでは、とはらはらしていたんですけど、そうしなかった。しぶしぶですが受け取ってましたからね」

「そうでしたか。姉上も徐々にだけど、鴻池誠太郎殿に心を開きだしたのかな」

「女心は秋の空だから。まあ、様子を見守りましょう」

それでも、母は楽しそうに笑い、そそくさと家に戻って行った。

龍之介は裏手に回り、風呂の具合を見た。作平爺が風呂釜に薪を焼べていた。

「若旦那様、風呂はもうすぐ沸くべな。少しぬるいけんど、入っているうちに熱くなるべ」

作平爺は、そういい、火吹き竹を口にあてて、風呂釜に息を吹き込んでいた。

龍之介は風呂場の着替え間に入り、稽古で汗ばんだ稽古着や野袴を脱ぎ、下帯も解いて、裸になった。

風呂はまだ生温《なまぬる》かったものの、湯に浸かっているうちに温まってくる。

台所から加世の明るい笑い声が聞こえた。

龍之介は、もしかすると、この縁談はうまく行くのではないか、という予感がした。

四

日新館は、三月末には最上級生たちの卒業を控え、さらに四月に入ると新入生を迎えるとあって、校内はその準備に追われていた。

龍之介たち在校生も、何かと気忙しく落ち着かず、校内はいつになく騒《ざわ》ついていた。

「おい、龍之介、今度卒業する笠間《かさま》慎一郎《しんいちろう》さんは、鉄砲組に抜擢《ばってき》され、江戸に派遣されるそうだ」

九三郎が教室に入って来るなり、龍之介を捉まえていった。一緒にいた文治郎も興奮した面持ちでいった。

「そうだよな。笠間先輩はゲベール銃の扱いが上手くて、命中率が高いと先生からいつも誉められていたものな。江戸で講武所《こうぶしょ》に通い、さらに腕を上げるんだろうな」

権之助と明仁が教室に入って来た。権之助が囁いた。

「聞いたか。佐川官兵衛様の推薦で秋月明史郎も飛び級になり、来春には卒業し、江戸の講武所に派遣されるそうだぜ。幕府講武所で剣術を習うそうだ」

「待てよ。秋月明史郎が推薦されるなら、やつよりも強い龍之介が先だろう？　龍之介、おぬしは佐川官兵衛様から呼び出しはかかっていないのか」

文治郎が訊いた。

龍之介は頭を左右に振った。

「いや。そんな話はまったくない」

「北原従太郎も卒業し、江戸藩邸に呼ばれるらしい。こちらは親父の力だろう。それで残る北原派の連中、頭《かしら》がいなくなるので大慌てらしい」

明仁が笑った。

権之助が真面目な面持ちでいった。

「しかし、外島遼兵衛《そとじまりようべえ》さんも江戸藩邸に上がるようにいわれているらしい」

外島遼兵衛は龍之介たちの什長だった先輩だ。龍之介が明仁に訊いた。

「外島さんのお役目は？」

明仁がいった。

「公用方の見習いらしい」

龍之介は、明仁が何かもじもじしているのに気付いた。

「明仁、おぬしも佐川官兵衛様に呼ばれたんじゃないのか？」

「佐川先生ではなく、田中館長から、思わぬ話を持ちかけられた」

「なんだ？　田中館長がなんだというのだ？」

「それがしに、飛び級で繰り上げ卒業し、江戸へ出て、昌平坂学問所に行かないか、といわれたんだ」

明仁は小さい声でいった。

「だけど、迷っている。それがしなんかが行ける学校かな、と思って」

龍之介は大声でいった。

「明仁、そいつは凄いじゃないか。幕府の最高級の学問所だ。一流の学者が、学生に教えているそうだ。全国から門閥に関係なしに、優秀な学徒を集めて教育しているという話だ」

「行け。昌平坂学問所。明仁、おぬしなら、やれる。そこで一番になれ。一番になって、一流の学者になれ」

権之助が明仁の背をどんと叩いた。

文治郎も九三郎も「明仁、行け」と励ました。

「ううむ。できるかなあ。入るには、筆記試験と口頭試問もあるんだ」

明仁は珍しく逡巡《しゅんじゅん》していた。龍之介は大声で明仁を励ました。

「やれ、通れ。合格しろ。おまえは、おれたちの希望の星だ」

励ましながら、どうして、自分には、誰からも御呼びがかからないのだろうか、と僻む気持ちも湧いた。

萱野修蔵様から聞いた江戸行きの話は、どうなったのだろうか？　やはりただの夢物語なのか、と内心、がっかりした。

家に帰り、夕餉を摂っている時、玄関に使いの中間《ちゅうげん》が来た。姉が出てしばらく応対していたが、やがて居間に戻って来た。

「龍之介、西郷頼母様からの使いでしたよ」

「西郷頼母様からの使い？」

龍之介は箸を止めて、姉を見た。

「大事なお話があるから、すぐにお屋敷に来てほしいって」

「大事な話？」

「頼母様は、佐川官兵衛様と酒をお飲みになっているらしいわよ」

龍之介は、もしや、と胸が躍った。だが、母も祖母も見ているので、平静を装った。

「大事なお話って、なんでしょうね」

祖母が龍之介に訊いた。母が笑いながらいった。

「すぐに、とおっしゃっているのだから、きっと急ぎの用事なのでしょう。龍之介、食事を終えたら、行って来なさい。きっといいお話でしょうよ」

龍之介は箸でご飯の残りを掻き込んだ。

「まあ、そんなに慌てて。使いのお話だと、急ぎといっても、ちゃんと食事を済ませて来い、ということらしいわよ」

姉は龍之介の慌てぶりに、くすくすと笑った。姉はこのところ、至極機嫌がいい。母によると、鴻池誠太郎から付け文があったらしい。何が書いてあったのかは、姉は母にもいわなかったが、察するに恋文だったのに違いない。それ以来、姉は前よりも、優しくなり、一段と美しくなったようにも思う。

姉は龍之介の箱膳を台所に運んで行った。

龍之介は居間で母に手伝ってもらい、身仕度を整えた。逸《はや》る気持ちを抑え、祖母と母に行って参りますといい、家を出た。

街は暮れ泥《なず》んでいた。通りを往来する人は少なく、夕餉の支度をする青い煙が通りに漂っていた。龍之介は、いつもよりも早足になっていた。


西郷家の門を潜ると、顔見知りの番人がすぐに玄関に通した。供侍が迎えに出て、龍之介はすぐに奥の書院に通された。

龍之介は緊張した面持ちで書院の畳を膝行し、西郷頼母の前に平伏した。

「龍之介、そう固くならんでもいい。楽にいたせ」

頼母は笑いながらいった。

「は、はい」

頼母と並んで佐川官兵衛が座っていた。

二人の前には、膳が並んでおり、お銚子が何本も立っていた。二人は酒を飲みながら密談していた様子だった。

「おぬしを呼んだのは、おぬしに相応《ふさわ》しい沙汰が下りたのを報せようと思ってのことだ」

「どのような沙汰でございましょうか？」

龍之介は頼母の顔を見た。柔和な笑みを浮かべている。悪い沙汰ではないと、龍之介は安堵した。

「官兵衛と話していたのだが、おぬしを江戸に行かせることとなった」

「江戸へでございますか」

龍之介は、やはり来たか、と内心安堵した。

だが、日新館での学業はどうなるのか、と心配になった。来年春には卒業することになっている。

「おぬしは、日新館を卒業し、幕府の講武所に派遣される。講武所で先進の西洋兵学を学び、軍事訓練を積んでもらう。いいな」

「それがし、講武所に派遣されるのですか！」

予想していたとはいえ、やはり講武所派遣は驚きだった。

幕府は相次ぐ外国船の来航に、海防を強化せざるを得なくなっていた。諸外国の近代的装備に刺激を受けるとともに、幕府も幕政改革や軍政改革に乗り出さざるを得なくなっていた。軍政改革の一環として、男谷信友《おだにのぶとも》の提唱を受け、武道や西洋近代兵学を習得訓練する講武所を創設したのだった。

「そうだ。おぬしの講武所派遣は、家老会議で承認された。おぬしは、なにせ御前仕合いの優勝者だからな。日新館の最優秀者として講武所に派遣することには、誰も文句を付けようがなかった」

頼母は佐川官兵衛と顔を見合わせ、頷き合った。

おそらく筆頭家老の一乗寺常勝や前筆頭家老の北原嘉門が、自分の講武所派遣に難色を示したのに違いない。

「わしはまもなく父から家老職を継ぐ。そのことを御上にご報告するとともに、ご承認をいただくため、来月、江戸へ行く。その時に、おぬしを同行し、そのまま講武所入所の申請をする」

来月に江戸へ上がる。龍之介は、顔が自然に綻ぶのを覚えた。

「よかったな、龍之介」

「本当にありがたき幸せです。ありがとうございます」

龍之介は二人に何度も額を畳に擂り付けるようにして礼をいった。

頭を下げながら、権之助たちのことを思った。自分と明仁の二人だけが、こんな幸運に恵まれて申し訳ない気持ちだった。

「畏れながら、お伺いいたします。今回、講武所への派遣は、それがし以外に、誰が選ばれたのでしょうか？」

「いまのところ、おぬしと、笠間慎一郎の二人だ。あと三人の枠があるので、いま教授や師範たちが候補者を絞り込んでいるところだ」

「五人しか、派遣しないのですか？」

「幕府は我が藩に五人を派遣するよういって来ている。幕府としては、ほかの親藩からの学生も募集しているので、いまのところ、五人以上は無理だ」

「もっと定員を増やしてもらえたらいいのですが」

佐川官兵衛がにやっと笑った。

「不満か？　講武所は幕府の旗本御家人の若者たちを教練に駆り立てようという趣旨で創られた武芸所だ。会津だけが大勢送るわけにはいかないんだ」

「いえ、不満ということではありません。それがしでなくても、日新館の藩校生には講武所に派遣して学ばせるべき優秀な者たちがいるのではないか、と思ったのです」

「分かっておる。すでに江戸藩邸から講武所に通っている者が二人いる。今回、おぬしたち二名を派遣すれば、計四人になる。だが、ひとつ問題があるのだ」

佐川官兵衛は頼母と顔を見合わせ、うなずいた。

「どのような問題でございますか？」

「講武所は幕臣で旗本御家人の子弟なら、ほぼ誰でも入れる。上士も下士もない。一応、審査や試験はあるが。ところで我が藩の日新館は上士の子弟ばかりで、中士や足軽の身分の者は入れない。だが、中士や足軽にも、武術の腕が立つ者や学問をさせたい者がいる。せっかくの機会だから、残り三人の枠には幕府の講武所には、日新館生に限らず、上士や中士、下士の別なく、我が藩の有為《ゆうい》な若者を選抜して派遣できないものか、と話し合っておったところなのだ」

頼母もうなずきながらいった。

「聞くところによると、エゲレスやフランス、アメリカなど外国においては、軍隊という常備の組織があって、そこには武士だけでなく、百姓町民の若者も等しく入れ、普段から鉄砲や大砲を撃ったり、武術や戦の訓練をするそうなのだ。幕府は、そうした西洋式の軍隊を創るために、講武所を創ったらしいのだ」

佐川官兵衛が相槌《あいづち》を打った。

「いずれ、我が藩も、そうした西洋式の軍隊を持たねばならないですな」

「いや、官兵衛、それは違うぞ。藩ごとに軍隊を持っていては、列強《れっきょう》相手には役に立たぬ。勝海舟さんと話し合ったのだが、なんとしても日の本の統一国軍がほしい。

とりわけ大事なのは、海防だ。日の本を外国から守る幕府の海軍を創らねばならない」

「海軍ですか。なるほど、我が藩には海はない。たしかに、藩ごとでは海軍は持てませんな」

「そうだろう？　日の本として統一した海軍を持たねばならん」

「ということは、やはり幕府が中心になって、諸藩をまとめ、統一国家を創るべきですな」

「そうだ。水戸や長州、土佐《とさ》など諸藩が、尊皇攘夷《そんのうじょうい》などと唱えている時ではない。アヘン戦争を見ろ。いままた行なわれているアロー号戦争を見ろ。あの大国の清国《しんこく》が英仏連合軍と戦い敗北している。アヘン戦争では清は屈辱的な南京《なんきん》条約を結ばされ、香港《ほんこん》を英国に割譲《かつじょう》した。いま行なわれている戦争では、英仏連合軍は大連《だいれん》など六港を開港しろと清に迫っている。清は英仏連合軍に各地で負けつつある。いまの清の国力では、遅かれ早かれ、敗北するだろう。そうなったら六港を開かねばならず、各地に租界《そかい》が作られる。そういう隣の清国の情勢を見れば、日の本は一つにまとまって外国勢力に対抗しなければならない時だと分からねばならん。でないと、日の本は滅ぶだろう」

「エゲレスもフランスも、あくどいですな。そうやって、弱い国を力で負かして、植民地にする、というわけですな」

「エゲレスやフランスといった列強に侵略されぬためには、日の本も強い海軍を持つ必要がある。強い海軍を創るには、たくさんの軍艦を持たねばならない。軍艦を持つには、操船する人材を養成せねばならない。それで、勝海舟さんは、幕府に海軍伝習所を長崎に創らせた。一方、講武所にも操船技術を習得させる実習講座を用意したそうだ」

龍之介は、佐川官兵衛と頼母が自分をそっちのけにして、酒を飲みながら、夢中になって話しているのを唖然《あぜん》として見ていた。

頼母は杯を口に運び、ぐびりと酒を飲むと、我に返ったかのように、龍之介に向いていった。

「おう、なんの話だったか？　そうだ、あと三名を選び、講武所派遣をする話だったな」

頼母は佐川官兵衛と顔を見合わせて笑った。

「ともあれ、いまいった事情から、まだ誰を派遣するかは発表できないが、とりあえず、おぬしの派遣だけは決まっておる」

龍之介は一応ほっとした。講武所が、どのようなところか、まったく分からない。そこに一人だけで放り込まれるのは、正直心細い。一人でも二人でも顔見知りがいれば、心強い。

頼母が笑いながらいった。

「ところで、おぬしの講武所派遣について、ある家老たちから条件が付いた。おぬしを講武所に派遣するのは、御上の思召《おぼしめ》しだ。御上の意に反するようなことはするな。特に私的な詮索《せんさく》、探索はせぬように、という条件だ」

「父の切腹事件や兄の乱心事件を調べてはならぬ、ということですか？」

「そうだ」

龍之介は、一呼吸ついてからいった。

「その条件は承服できかねます」

「だろうな」

頼母と佐川官兵衛が頷き合った。

「もし、その条件を破ったら、どうなるのでございましょうか」

「講武所を罷《や》めろといわれるだろうな。だが、そんなことをいわれても気にするな」

気にするな、といわれても、それは無理だと龍之介は思った。

佐川官兵衛がいった。

「龍之介、おぬしはお父上や兄上のことを調べるな、といわれても調べるだろう?」

「はい。調べます」

龍之介は正直にうなずいた。官兵衛は笑いながらいった。

「だったら、おぬしの好きなようにやればいいぞ」

龍之介は、実は大目付から隠密同心になる密命を受けている、といおうかと思ったが、保秘であることを思い出して、いうのを我慢した。

頼母が笑みを浮かべていった。

「講武所に入るということは、いってみれば、幕臣になることでもある。幕臣は、大《たい》君《くん》である徳川《とくがわ》将軍様の臣下《しんか》だ。だから、幕府傘下の地方藩の家老ごときのいうことなど、聞かずともいいと思え。幕臣のおぬしを罷めさせることができるのは、講武所であり、最終的には幕府だ。心配するな」

「は、はい」

思わぬ言葉に龍之介は面食らった。

会津藩士でなく、幕臣になれ、というのか。

「それにだ」

官兵衛が真面目な顔になった。

「頼母様も、それがしも、江戸藩邸で何が起こっているのか、ぜひ、真相を知りたい。江戸で何かよからぬ陰謀工作が行なわれているのではないか、と危惧している」

頼母が官兵衛に代わっていった。

「まだわしは正式な家老職ではないが、いずれ家老になるとして、わしからおぬしに直々に密命を与える。おぬしのお父上の切腹事件と、兄真之助の乱心について調べて、わしに報告せよ。いいな」

「はい」

龍之介は、今度は頼母様からも密命が出るのか、と驚いた。

「わしの密命だということ、他言無用だぞ。しかし、いざ何事かが起こったら、わしや官兵衛が必ず乗り出す。わしらがおぬしの背後についていると思え」

「はい。ありがとうございます」

龍之介は、二人に感謝し、頭を下げた。

頼母が声を忍ばせていった。

「これは大事なことなので、おぬしにいっておく。我が会津藩は、いま密かな戦を挑まれている」

「と申されますと、敵はどこの誰なのでございますか？」

「敵は長州と思われる。長州だけならまだしも、厄介《やっかい》なのは、その背後にいる外国勢力だ」

龍之介は絶句した。だが、すぐ思い直した。

「その背後にいる外国勢力とは、どこの国なのですか？」

「その外国勢力が厄介なのだ。列強諸国は複雑に絡み合い、対立し合っている。利害が一致している時があると思えば、利害が対立している場合もある。幕府と敵対しているか否かがはっきりしない。長州の背後にいるのが、いったい、どこの国なのか。エゲレスか、フランスか、はたまたアメリカか、ロシアか、あるいはオランダ、プロイセンか。どこも、怪しい動きをしている。もしかすると、外国勢力全部が敵になるかも知れない」

頼母はため息をついた。

官兵衛が頼母に替わっていった。

「もしかすると、お父上の切腹、兄の乱心事件の闇は、その長州、あるいは、その背後にいる外国と繋がっているかも知れぬぞ」

「まことにございますか」

龍之介は、二人の顔を見た。

頼母は頭を振った。

「もちろん、調べてみなければ分からんことだが」

官兵衛が気を取り直したように、龍之介に杯を差し出した。

「まあ、飲め。おぬしの前途を祝そう」

龍之介は杯を受け取った。官兵衛が銚子を傾け、龍之介の手の杯に注《つ》いだ。ついで、頼母の杯にも酒を満たした。

「官兵衛、おぬしは？」

「それがしは、これで行きます」

官兵衛は笑いながら、湯呑み茶碗に銚子の酒を注いだ。

「では、望月龍之介の洋々たる前途を祝って乾杯！」

官兵衛は湯呑み茶碗を捧げて、一瞬祈った。頼母も龍之介も杯を捧げ、ついで口に運んだ。

龍之介は杯の酒を一気にあけた。

熱い酒精《しゅせい》が喉元に下りていくのを感じた。

五

桜が咲き乱れる四月になった。

龍之介は、江戸へ出立《しゅったつ》する前に、お世話になった人たちへの挨拶回りをした。

次に、龍之介は、兄真之助の墓にお参りし、旅の無事と密命の首尾を祈念した。

墓参りの後、西郷家に旅の打ち合わせに寄った時、たまたま頼母を訪れていた鴻池誠太郎と対面することになった。

誠太郎は龍之介だと分かると、顔を真っ赤にして恥じらい、龍之介よりも年上にもかかわらず、年下の龍之介に丁寧な言葉遣いで話をした。

丸顔のどんぐり眼《まなこ》に、団子鼻をしており、決して美男子ではないが、どこか愛敬《あいきょう》のある男だった。話し振りは少しも嫌味がなく、率直で裏表のない誠実さを感じさせた。

退屈な男かと思ったら、時折、冗談も口にし、人を笑わせる術《すべ》も知っている。その冗談も少しも悪意を感じさせない。

一見凡庸に見えるが、話してみると、なかなか知的な人物で、内に秘めた教養を感じさせる男だった。

「拙者、祐筆の職を引き継いでおります。剣はまったくだめ。貴殿のような剣の遣い手ではござらぬ。酒は少々嗜《たしな》む程度で、趣味は囲碁《いご》と釣りでござる。仕事柄、書物を読むのが好きでござる。太平記《たいへいき》、源氏物語《げんじものがたり》から黄表紙《きびょうし》、講談本《こうだんぼん》までなんでも」

この男なら、姉を任せてもいいのではないか、と龍之介はほっと安心した。

鴻池誠太郎は、別れ際にいった。

「それがしも、近々江戸へ行くことになります。その前に、望月龍之介殿のご意向を伺わせていただけるといいのですが」

「それがしは、姉本人の気持ち次第と考えています。いましばし、姉がはっきりと気持ちを決めるまで、お待ちください」

龍之介は、鴻池誠太郎を宥めるようにいった。


日新館の庭の桜の木が満開になっている時、龍之介と笠間慎一郎、鹿島明仁の三人の厳粛《げんしゅく》だが簡素な卒業式が行なわれた。

大々的な卒業式に続いて、晴れやかな入学式が行なわれた直後ということで、三人だけの卒業式は、対照的に簡素でしめやかなものになったのだ。

来賓はなし。出席者も日新館の田中館長と指南役の佐川官兵衛、伴康介師範、相馬力男師範代、それから教授数人といった少ない人数の式だった。

講武所へ派遣される予定の残り三人の人選については、まだ候補者が絞り切れず、日新館外の候補者もいて、選考が難航し、もう少し時間がかかりそうだった。そのため、三人の早期卒業者だけの式典になった。

式典が終わった後、龍之介の家に、いつもの仲間たちが集まり、龍之介と明仁の壮行会が、こぢんまりと開かれた。

母と姉が心を込めて作った手料理とお赤飯とともに、祝い酒がみんなに振る舞われた。

権之助や文治郎、九三郎は、しきりに別れを惜しんだが、龍之介も明仁も、永遠の別れでもあるまいし、ただ江戸に行くだけの話ではないか、と笑い飛ばした。

権之助も文治郎も九三郎も、祝い酒が入ると饒舌《じょうぜつ》になり、顔を赤くして、俺たちも必ず江戸に行く、おまえたち、淋しいだろうが、江戸で待っていろよ、と騒ぎに騒いだ。

だが、どいつの目も赤く潤んでいるのを龍之介は見逃さなかった。きっと自分も、そんな目をしていたのに違いない。

別れ際、龍之介と明仁は、権之助たちから背中や肩を強くどやされ、俺たちの分まで、がんばれよ、といわれた。

みんなが帰ると、龍之介は急に酔いが回り、寝所の布団に倒れるようにして眠った。夢に父牧之介と兄真之助が現われたが、ふたりとも笑顔で何もいわなかった。


いよいよ、江戸への出立の日になった。

若党の長谷忠ヱ門が、馬を牽いて来た。調練の時によく乗った愛馬「三ッ葉《みつば》」だ。額に三ッ葉模様の流星がある。

母は、旅仕度をした龍之介が玄関から出る時、火打ち石を打って清めた。

加世は、「行ってらっしゃいませ」と、目を伏せていった。

前夜、龍之介はさり気なく、鴻池誠太郎と会ったという話をした。

「どう思った？」

龍之介は、第一印象を正直にいった。連れ合いにする上で、教養もあり、知的で、裏表のない信頼の出来る男ではないか、と。

「私も、いい人だとは思うけど……」

加世はだいぶ鴻池誠太郎に心を開いていたものの、まだお嫁に行く気持ちにはなっていない、といった。

龍之介は姉の気持ちを尊重し、姉が心を決めるまで待とうと思った。

母も、それがいい、と龍之介にいった。加世は前回、相手の男に夢中になり、身も心も男に捧げた。破談にされ、加世は深く傷ついた。その傷が、新しい相手の出現に、少しずつ癒えはじめていた。ここで無理して決めることではない、決めさせることでもない。

「加世は前よりも大人になった女。心の傷を治し、きっと立ち直れる。だから、私たちは、そんな加世を見守るだけ。後は自然に任せましょう」

母は、そういって笑った。龍之介も、その通りだと思った。江戸に行っている留守の間は、姉のことは母に任せることにした。

龍之介は、旅の荷を愛馬の背に括り付け、馬上の人となった。

「では、行って参ります」

玄関先には、母と姉だけでなく、祖母、女中や下女、下男、中間など一族郎等が見送りに出て来た。

玄関先の桜が満開の花を咲かせている。龍之介は桜の下を潜り、馬を通りに出した。

龍之介は両足の鐙《あぶみ》で三ツ葉の横腹を軽く蹴った。三ツ葉はいななき、通りに走り出た。

西郷頼母の屋敷に行く前に、途中、寄るところがあった。

龍之介は並み足にし、馬を進めた。真っ直ぐに行けば、西郷邸だ。龍之介は大町通りを左に折れ、大槻弦之助の家の前で、馬を止め、馬を下りた。

馬の気配に玄関の障子戸が開き、大槻弦之助がのっそり姿を現わした。後から奈美と、お幸を抱いたおゆきが顔を出した。

「これより、江戸へ発ちます」

「そうか。では、おぬしに渡すものがある。これを。大目付様から預かったものだ」

大槻弦之助は、龍之介に一通の封書を渡した。龍之介は封書を受け取り、懐に入れた。

見なくても分かっている。龍之介が大目付の密命で動いていることを証する書状だ。

「それから、鮫吉からの伝言もある。鮫吉は、おぬしよりも一足先に江戸に帰った。もし、鮫吉の力が必要だったら、遠慮なく呼び出してほしい、と。これが、鮫吉の書き付けだ」

大槻弦之助は懐紙《かいし》に書かれた文《ふみ》を龍之介に手渡した。

懐紙には読み難い字で、連絡の方法が記してあった。

「ところで、江戸には恐ろしい死病が流行《はや》っているという噂だ。狐狼狸《コロリ》とか、虎狼痢《コレラ》とかいってな」

「コロリですか」

「三日でコロっと死んでしまうので、三日コロリともいう流行り病《やまい》だそうだ」

「恐い病ですね」

龍之介は戸惑った。だが、いまさら、江戸に行かないというわけにはいかない。

大槻弦之助はあらためて龍之介に向き直り、肩に手をかけていった。

「くれぐれも、病気に気をつけろよ」

「分かっております。先生も、どうぞ、お体に気をつけてください」

「うむ。さらばだ」

「では、行って参ります」

龍之介はおゆきと奈美にも、頭を下げた。

おゆきも奈美も、「行ってらっしゃい」といい、頭を下げた。

龍之介は、武家門に繋いであった愛馬の許に戻った。手綱を解き、ひらりと馬に飛び乗った。

「龍之介様、待って」

奈美が下駄を突っかけて、小走りに外に出て来た。早朝とはいえ、近所の目がある。龍之介は少しばかり照れて、馬上から奈美を見下ろした。

「どうした？」

「これを」

奈美は馬上の龍之介に手に握った物を差し出した。龍之介は奈美の手から受け取った。

赤い飾り玉の簪《かんざし》だった。

「お守りに」

「ありがとう。大事にする」

龍之介は簪を胸元に入れた。奈美は目を潤ませた。すぐにくるりと背を向け、家の中に駆け込んだ。二度と出て来なかった。

大槻弦之助とおゆきが顔を見合わせた。

「では、これで」

龍之介は愛馬三ッ葉の首を鶴ヶ城の方角に向け、鐙で横腹を蹴った。三ッ葉はいななき、駆け出した。

そのまま、速度を落とさず、西郷邸まで馬を駆けさせた。

西郷頼母は馬に跨《また》がり、家人たちに見送られて出て来るところだった。

「お待たせしました」

「おう、来たか。来なければ、こちらから迎えに寄ろうかと思っていた」

頼母は上機嫌で笑った。

西郷頼母の馬の後には、二頭の馬が控えていた。供侍が乗った馬と荷物を背負った馬だ。

「よし、出立だ」

頼母は号令をかけた。龍之介の馬を交えた四頭の馬は勢いよく門前から走り出た。

屋敷の前には、奥方をはじめ、一族郎等が見送りに出ていた。

西郷頼母の馬を先頭にした四頭の馬は、鶴ヶ城を背に、一路江戸をめざして西会津街道を疾駆《しっく》しはじめた。

鶴ヶ城の堀端の桜並木が風に揺れ、桜吹雪を散らして一行を見送った。

六

西郷頼母の騎馬一行が江戸の街を目の前にしたのは、会津を出て三日目の朝のことだった。急げばもっと早く着くことが出来たが、そんなに急ぐ旅ではない。馬を休ませ、休ませの旅である。

龍之介にとって、江戸は生まれて初めて訪れる憧れの大都会だった。噂に聞く江戸の風物は、すべて珍しく、田舎の会津城下では見られないものばかりだった。浅草寺《せんそうじ》の観音様、浅草雷 門《あさくさかみなりもん》や仲見世《なかみせ》通りの賑わい、壮大な江戸城、日本橋界隈《にほんばしかいわい》の商店街、上野寛永寺《うえのかんえいじ》と不忍池《しのばずのいけ》、両国橋《りょうごくばし》に佃島《つくだじま》、街中に張り巡らされた運河や水路、運河を行く小舟や箱船、深川《ふかがわ》の歓楽街、吉原《よしわら》の遊廓《ゆうかく》などなど、名前を聞くだけで想像が膨らみ、どんなところか行ってみたい気持ちになる。

一行は、千住大橋《せんじゅおおはし》の袂《たもと》に着いた。橋を渡れば、江戸に入る。

頼母は馬から下りた。龍之介や戸山も下馬した。馬に乗ったまま、丸みを帯びた太鼓橋《たいこばし》を渡るのは危険だった。馬が肢を滑らせ、転ぶ恐れがある。そうなったら、乗っている人は橋から大川に投げ落とされるかも知れない。

頼母は、馬の手綱を引き、丸みを帯びた橋を渡り出した。龍之介たちも、馬の手綱を引いて、ゆっくり橋を渡って行く。

江戸への浮《うわ》ついた気持ちが吹き飛んだのは、千住大橋を渡りはじめてからのことだった。

それまでは、日光街道の両側に水田が広がる閑《のど》かな美しい風景だった。

ところが、大川《おおかわ》のゆったりした流れを眺めながら、馬を進めるうちに、どこからか微《かす》かだが異様な臭いがするのに気付いた。

頼母は平然と馬の背で揺られているが、供侍の戸山陣之助《とやまじんのすけ》も気付いたらしく、しきりに馬上で伸び上がったりして、あたりを見回し、鼻をくんくんとさせはじめていた。

「この臭い、なんでござろうか」

戸山陣之助は訝しげにいった。

「この嫌な臭いは、どこかで嗅《か》いだ覚えがある」

龍之介も、鼻をくんくんさせて、風に乗ってくる臭いを嗅いだ。

動物の死体を焼くような臭いだ。それに、生臭い腐敗臭もする。吐き気を催《もよお》させる嫌な臭いだった。

戸山が龍之介にいった。

「どうやら、この臭気《しゆうき》、川向こうの岸から、風に乗って来ていますぞ」

川向こうは、江戸の街だ。

龍之介は馬上で伸び上がり、いったい、臭いがどこから漂って来るかを探した。風の向きは、南からの穏やかな春風だ。どうやら臭いは対岸の江戸の方角から流れて来る。対岸に目をやった。田園風景の中に人の蠢《うごめ》く場所があり、そこから、黒い煙が何本も立ち昇っていた。

千住大橋の上は、江戸に入る人、江戸から出る人が大勢行き交っていた。

「ひでえ臭いだなあ。なんだ、この臭いは」

「臭くてたまんねえなあ」

これから江戸に入る行商人の男たちは口々にいい、対岸から橋を渡って来る町人を捉まえて、大声で尋ねていた。

「なあ、おめえさんよ、こいつは何の臭いなんだ?」

「なんだ、あんたら知らねえのか? あそこの川っ淵によ、臨時の焼き場を作ってよ。死体を茶毘《だび》に付してんだ」

「なんで、あんなところに焼き場なんか作ったんだ?」

「もう江戸市中はコロリで死んだ連中だらけでよ、焼き場に持ち込んでも、あんまり死体が多いんで茶毘に付せねえんだ。それで死体を詰めた桶《おけ》が山のようになっているんだ。それが何日も焼けずに放ってあるんで、臭いのなんの、鼻がひん曲がっちまうくらいだ」

「そんなにひどいのか」

「ひでえもなんも、市中に入ったら一目瞭然《いちもくりょうぜん》だぜ。あっちこっちで通りに死体がごろごろしてらあ。あんまり臭いんで、飯も食えねえ。ってんで、おれたちゃ、江戸から逃げ出そうってんだから。おめえさんたちも、入るなら、覚悟して行ったらいい。コロリにかからねえよう、気いつけんだな」

龍之介は、戸山と顔を見合わせた。

戸山がおずおずと頼母に訊いた。

「頼母様、いかがいたしましょう?」

頼母も行商人たちの話を聞いていたらしく、困惑した顔になっていた。

「ともあれ、橋を渡ったら、街道をまっしぐらに馬を駆る。何があっても、三田《みた》藩邸までしゃにむに突っ走ろう。いいな」

頼母は龍之介と戸山にいった。

龍之介は三田藩邸の場所は知らない。頼母と戸山の後について追い掛けるしかない。

千住大橋を渡りきると、頼母はまた馬上に跨がった。戸山も龍之介も馬に飛び乗った。

戸山は荷馬の手綱も握っている。龍之介は、ともかくも騎馬と荷馬を見失わずに馬を駆るしかない、と覚悟した。

「参るぞ。それえ」

掛け声とともに、頼母の馬は猛然と街頭を走り出した。戸山と荷馬が続き、龍之介はしんがりになって馬を駆った。

市内の通りに入って、その惨状に龍之介は胸が苦しくなった。市内の路地や広場には、死体を入れた桶がいくつも山積みになっている。大八車《だいはちぐるま》で運ぶ町人たちは、みな病人ではないかと思われるほど、顔色が悪く、痩せ細っている。

道端には、行き倒れた男や女の死体が、そのまま放置され、腐臭を立てている。嘔《おう》吐物《とぶつ》や下痢の汚物も散らばっていて、犬や猫の死体も転がっている。

まだ生きている老人の男が、杖をつきながら、よろめくようにして歩いている。その老人も着ている物は汚物だらけ。誰も面倒を見ようともしない。

龍之介は馬を駆りながら、通りすがりの路地の様子や惨状を見た。

大通りでは、火消しの男衆や商店の番頭手代たちが、若い者たちと一緒に死体を片付けたり、大八車や荷馬車に死体を積んで、焼き場に運んでいた。

町方役人も捕り手たちも、懸命に死体を片付けたり、役人に抗議して騒ぐ人々を抑えたりしていた。

一方、鐘や太鼓を打ち鳴らし、「悪霊退散《あくりようたいさん》」「狐狼狸退散」と叫びながら、練り歩

た。
さすがに高い築地塀《ついじべい》に囲まれた武家屋敷街は、昼日中《ひるひなか》でも人けなく静まり返ってい
龍之介たちは、ようやく町人の街を抜け、武家屋敷街に走り込んだ。
く集団もいる。まさに「コロリ」のために、江戸市中は阿鼻叫喚《あびきょうかん》の最中《さなか》にあった。

頼母はようやく馬を駆るのをやめ、馬を並み足で歩ませはじめた。龍之介と戸山も、馬を走らせるのをやめ、頼母の後について進んだ。

一行は海岸近くの通りに出た。大伽藍《だいがらん》の寺院の敷地の脇を通り、さらに進んで行く。

龍之介はもの珍しげに、大伽藍を見上げ、大きな敷地に目を凝らした。

「龍之介様、この寺院は歴代将軍の菩提寺《ぼだいじ》、芝増上寺《しばぞうじょうじ》にござる」

戸山が、きょろきょろあたりを見回している龍之介を見ていった。

「さあ、急ごう。まもなく、日も暮れる」

頼母は馬に鞭《むち》を入れた。また一行は、人けのない大通りを走りに走った。

通りは海岸近くを走っている様子だった。左手に連なるように並ぶ屋敷の築地塀と築地塀の間から、青い海が見え隠れしている。

「三田藩邸は、この先にある」

頼母は荒い息をつきながら、やや小高い丘陵《きゅうりょう》を指差した。松林が屋敷の屋根越し

に見えた。

一行はさらに武家屋敷と武家屋敷の間の通りを走り、やや丘陵を上りかけたところで、立派な門構えの屋敷の前に止まった。

戸山が馬を門前に進めて大声で叫んだ。

「開門、開門！　ご家老西郷頼母様、ご到着だぞ！　出合え出合え」

通用門の戸口から現われた門番たちが慌てて築地塀の内に戻り、門扉《もんぴ》が音を立てて開いた。

六尺棒《ろくしやくぼう》を携えた門番たちが開けた門扉の前に並んで、一斉に頭を下げた。

頼母は馬を進め、開かれた門の中に入って行った。その後を、龍之介と戸山が馬を進めて続いた。

龍之介は増上寺の大伽藍には勝《まさ》らずとも、頑丈さでは、決して劣らない立派な屋敷の建物に圧倒された。

これが、会津藩江戸下屋敷か。

ここで、これからの人生が始まるのか。

龍之介は、自らに気合いを入れた。

七

龍之介は、その日のうちに西郷頼母に付いて、下屋敷を仕切る江戸家老代理の中老や物頭《ものがしら》など要路たちに挨拶して回った。当面、講武所に入るまでは、三田藩邸を本拠とせねばならないからだ。

翌日から、御用掛《ごようがけ》の用人の案内で、三田藩邸の施設や敷地内の馬場や調練場を見学して回った。

三田藩邸は、小高い丘がある広大な敷地にある。屋敷外に出ずとも、屋敷内だけで、馬術訓練、銃の射撃訓練、馬の調練、集団戦の演習などを行なうことが出来る。

三田藩邸はコレラ禍の中、厳戒態勢に入っていた。

龍之介が到着した時には、コレラの防疫対策として屋敷は封鎖され、原則、人の出入りが禁じられていた。

下屋敷の三田藩邸だけでなく、上屋敷や中屋敷も、よほど重要な用件でない限り、藩邸への出入りは著《いちじる》しく制約されていた。

そのため、龍之介は御上がいる上屋敷に行くこともままならず、御上に府内到着のご挨拶も出来なかった。

もちろんのこと、御上だけでなく江戸家老や若年寄にも挨拶に上がれなかった。

蘭医の指導で、手洗いと換気が徹底され、生水や生鮮魚類も出来るだけ摂らない決まりになっていた。

龍之介は、江戸に入ってすぐコレラの惨状を目にしたので、厳しい藩邸封鎖も止むを得ないと感じていた。

しかし、せっかく江戸に入ったというのに、コレラのために、江戸の街の見物に出歩けず、講武所に通うこともままならなくなり、暇だけはあっても、父のことや兄のことを調べることが出来ない状態になってがっかりした。

ともあれ、コレラにかからないように、手洗いや換気に気をつけ、体力が落ちぬよう、木刀の素振り、打ち込みを行ない、コレラ禍が下火になるのを待つしかなかった。

龍之介は、邸内に鉄砲組の屯所《とんしょ》があるのに気付いた。鉄砲組の組頭は、什仲間の河原九三郎の父親河原仁佐衛門《じんざえもん》だ。

黒船襲来の際に、河原仁左衛門は会津藩鉄砲組百人を率いて横浜に派遣され、他藩と共同して警備にあたった。

以来、鉄砲組の部隊は三田藩邸に常駐し、幕府の要請があれば、いつでも出動出来る態勢を執っていた。

龍之介は、ある日、鉄砲組屯所に組頭の河原仁左衛門を訪ねた。

河原仁左衛門は、龍之介の突然の訪問に大喜びした。

「龍之介、江戸に無事に着いたか。よかったよかった」

仁左衛門は龍之介に屯所の出入口に置いてある手洗い桶に手を入れるようにいった。

桶には白濁《はくだく》した水が入っていた。ひどく薬品の臭いがする。龍之介が戸惑っていると、仁左衛門は自ら手を桶の水に入れた。

「これはコレラを殺す消毒水だ。臭いからして、いかにも効きそうだろう？　外から帰って来たり、物を食ったりする前に、必ずこれに手を浸けろ、と蘭医が口を酸《す》っぱくしていうんだ。コレラにかかって死にたくなければばな。それで、うちの鉄砲組では、蘭医殿の言い付けを厳重に守り、屯所に出入りする際、手を洗うことを励行《れいこう》している。おかげでうちの組からコレラにかかった者は一人も出ていない」

仁左衛門は、そういって隣に用意してある水桶の水を杓子《しゃくし》で掬い、手にかけて消毒水を洗い流した。龍之介も消毒薬の臭いを洗い流した。

「うむ。これでいい。さ、奥へ」

仁左衛門はうなずき、手の臭いをくんくん嗅ぎながら、龍之介へ詰め所の奥の部屋に入るようにいった。

仁左衛門は用人にお茶を持って来るようにいった。龍之介はあらためて正座して、挨拶をした。

仁左衛門はにこやかに挨拶を返し、胡坐《あぐら》をかいた。龍之介にも膝を崩すよう勧めた。

「どうだ、江戸のコロリ騒ぎは？　驚いたであろう」

「驚きました。話には聞いていましたが、こんなに酷《ひど》い状態だとは、思いもよりませんでした」

「そうだろうな。この下屋敷でも、二人ばかりコロリにやられて死んだ。ほかの屋敷でも、何人も死んでいる。ほんとに恐ろしい流行り病だ。そもそもは、長崎に入ったアメリカの黒船の船員が持ち込んだ病らしい。だから、夷狄《いてき》は追い払うのが一番なのだがな」

用人が湯呑み茶碗を盆に載せて部屋に入って来た。用人は龍之介と仁左衛門の前に盆を置いて退いた。

「ところで、おぬし、新しくご家老になられた西郷頼母様にお供して、江戸に参ったそうだな」

「はい」

「道中、どうであった？」

「江戸に入るまでは、道中、つつがなかったのですが」

「そうよのう」

仁左衛門は龍之介にお茶を勧め、自らも湯呑み茶碗を口に運んだ。

「国許の御前仕合いで、おぬしが並み居る強豪を打ち負かし、優勝したという話は、ここまで届いておったぞ」

「たまたま、運が良かっただけでして」

「謙遜するな。九三郎からも、手紙でおぬしの活躍ぶりを聞いておった。ともあれ、誇らしい」

仁左衛門は茶を飲み終わり、湯呑み茶碗を盆に戻した。

「おぬしに比べ、うちの馬鹿息子は、日新館で何をしておるのかのう」

「いや。九三郎も日新館で山本覚馬《かくま》教官の下で、砲術を学んでおります。鉄砲の腕前もめきめき上げています」

「そうかそうか。ならばよかった」

仁左衛門は目を細めて喜んだ。だが、すぐに顔をあらためていった。

「ところで、龍之介、本当にお父上はお気の毒だった。牧之介殿も、震災後まもなくだが、しばらくは三田藩邸に滞在なさっていた」

「そうでございましたか」

「お父上は、よくわしたちに銃のことを聞きに参った。しかし、専門のわしらよりも、新式銃には詳しかったな。わしも、だいぶ教えてもらった」

仁左衛門は腕組みをし、しきりに懐かしがった。

「ある時、お父上が銃の撃ち方を教えろといって来てな。お仕事をする上で、銃を実際に撃ってみないと分からないと申されていた。それで、喜んでわしが射撃の手ほどきをしようとしたが、とんでもない。よくご存じだった。射撃の姿勢も体がぴしゃっと決まっておって、うちの兵士たちも目を丸くしておった」

「父上の射撃の腕はいかがでしたか？」

「初めは謙遜なさっておって、なかなか撃とうとなさらなかったが、いざ実際に撃ったら、標的の黒丸に、かなり集弾させた。ゲベール銃は近距離でないと、なかなか当たらないのだが、お父上は師範級の腕前だったな。見ていた教官たちが感服《かんぷく》しておったよ」

「本当ですか」

「それればかりではない。鉄砲隊の布陣の仕方や作戦にもお詳しかった。洋式の近代戦争のやり方にも通じておられた。わしらの戦法は、少し時代遅れだということを痛感させられたよ。だから、いずれ御用所頭取のお役目が終わったら、ぜひとも、鉄砲隊の師範として、御出でいただけないかと、みんなでいったものだった」

「鉄砲組の師範ですか。驚いたな」

龍之介は、父牧之介の生きている時の姿を窺わせる話を聞けてうれしかった。

「これは、お世辞ではないぞ。我が藩で、銃を扱える上士は少ない。銃が撃てて、鉄砲隊を指揮できる上士はほとんどおらぬ。お父上は、上に立って、指揮ができなさる方だった。だから、お父上の自裁は、藩にとっても大きな痛手だと思う。本当に惜しい方が亡くなったものだ」

「ありがとうございます。天上の父も、仁左衛門様から、そういわれて、喜んでおると思います」

「うむ」

龍之介は、恐る恐る、仁左衛門に尋ねた。

「父は、どこで切腹したのでしょうか？」

「なに、そんな場所のことも知らされておらぬのか？」

河原仁左衛門は驚いた顔になった。

「はい。上からは何も聞いていません。せっかく江戸に上がったのですから、まず、父上が切腹して果てた場所を詣《もう》でて、花をお供えし、父上の御霊《みたま》を弔《とむら》いたいと思っておるのですが」

「ふうむ。上は、なぜ、死んだ場所を知らせなかったのかのう」

河原仁左衛門は首を傾げた。だが、すぐに顔を上げた。

「わしが教えよう。場所は深川のお抱え屋敷だ。その門前でお父上は腹を切った」

龍之介は唇を噛んだ。

深川のお抱え屋敷とは、会津藩が深川に買い上げた三千坪超の広大な土地に建てた蔵屋敷で、深川御屋敷と呼ばれていた。深川御屋敷には、会津からの廻米《かいまい》を貯蔵する蔵や会津特産の蠟燭などを保管する蔵があり、会津藩の財政を支える心臓部でもあった。

龍之介は仁左衛門に訊いた。

「父は、何ゆえに腹を切ったのでございますか？　何か、ご存じでございますか？」

「わしがある筋《すじ》から聞いた話では、お父上のご遺体の前には、御上に宛てた遺書が置いてあったそうだ」

やはり遺書があったのか。

龍之介は臍《ほぞ》を噛んだ。

父上が、何のために割腹《かっぷく》するのか誰にも告げずに死ぬとは思えなかった。それに、家族思いの父が母や家族に何も言い残さずに死ぬとは、到底考えられなかった。

「龍之介、これは内緒だぞ。牧之介殿の息子のおぬしだから話しておく。わしがいったとは誰にもいうな。よいな」

「はい。もちろんです」

「その御上に宛てた遺書が、ご遺体の前から忽然《こつぜん》と消えてしまったというのだ」

「消えた？」

「うむ。どうやら、誰かがどさくさに紛《まぎ》れて、現場から持ち去ったらしいのだ」

「誰が持ち去ったというのですか？」

「誰が持ち去ったのか、誰も見ていないというのだ。それで、初めから遺書などなかったという人もいる。だが、わしは、絶対に遺書はあったと見ている」

「どうしてでございますか？」

河原仁左衛門は、屯所の中を見回した。

「別の報告がある。深川御屋敷の知り合いの番頭《ばんがしら》が、門番からの知らせを受けて、門前に駆け付けた時、お父上はまだ生きておられたというのだ。お父上は血だらけになった腹を押さえながら、血に染まった書状を差し出し、これを御上にといいながら、果てたというのだ」

「その番頭の方は、父上の最期を看取ってくれたのですね」

「うむ。ところが、その後、お父上の切腹について、上から箝口令《かんこうれい》が下りて、そやつは、前言を翻《ひるがえ》してしまった。そんな書状は受け取っていないし、見たこともない、とな」

「その方のお名前は？」

仁左衛門は一瞬逡巡したが、あたりを見回し、誰も聞いていないのを確かめてからいった。

「栗山鶴之助《くりやまつるのすけ》だ。深川御屋敷の見廻り役の番頭をしている男だ。会いに行くのか？」

「はい。お会いして、父上の最期を看取ってくれたお礼をいいたい」

「きっと栗山は何もいわんぞ。上から、締め付けられておる」

「上から、と申されると」

仁左衛門は、龍之介の問いに、すぐには答えなかった。

「これは内々に囁かれている噂だが、遺書はたしかにあった、それを受け取った上役が、中身を読んで、遺書はなかったことにしろ、と栗山に命じたのだろう、というのだ」

龍之介は生唾《なまつば》をごくりと呑んだ。

当時、父牧之介は御用所の密事頭取のお役目についていた。御用所は若年寄支配で、当時の若年寄は小山幹朗《こやまみきろう》。その若年寄の上役は筆頭家老北原嘉門だった。二人とも切腹事件後まもなく、お役目を下りて交替している。筆頭家老は一乗寺常勝に替わり、若年寄には一乗寺昌輔が抜擢された。

父上が深川御屋敷の門前で腹を切ったというのは、暗に筆頭家老北原嘉門に対する抗議が込められていたのだろう。それゆえに北原嘉門が激怒し、真之助や龍之介の望月家に厳しい処分を科そうとした。

「わしが推測するに、お父上の遺書には、北原嘉門様に対する諫言《かんげん》が書かれていたのではないか、と思うておる。だから、北原様は栗山から受け取った遺書を、御上には届けず、内々《うちうち》に処分してしまったのではないか、とな」

「ふうむ」

龍之介は、考え込んだ。

「こういってはなんだが、北原様の横暴、専横《せんおう》ぶりは、わしらの間ではつとに有名でな。北原様ならやりそうなことだ」

　仁左衛門は苦々《にがにが》しくいった。

「仁左衛門様、父上は、いったい、北原嘉門様の何に怒って諫言し、自ら切腹までして、抗議したというのでしょうか？」

　河原仁左衛門は、龍之介の真剣な眼差しを見て、慌てていった。

「おいおい、龍之介、これはあくまでわしの推測だ。何か証拠があっての話ではないぞ。内々に囁かれている噂のひとつだ」

「ほかにも、噂があるのですか？」

「うむ」

「どのような噂でござるか？」

「北原様ではなく、一乗寺常勝様の手の者が栗山から遺書を取り上げ、中身を読んだ。そして、それをネタにして、北原様を追い落とし、一乗寺常勝様が筆頭家老に、そして、昌輔様を若年寄にした、という真《まこと》しやかな噂だ」

「なるほど。そういう噂もあるのですか」

「わしは信じないがな。一乗寺常勝様は、御上宛の遺書を開けるようなことをする御《ご》仁《じん》ではない。一乗寺常勝様を為《ため》にする讒言《ざんげん》だと、わしは思うておる」

　河原仁左衛門は、真剣な顔でいった。

龍之介はうなずいた。

噂には必ず虚偽が混じっている。やはり、真相を調べるには、事件現場の当事者にあたってみるしかない。

「仁左衛門様、いろいろなお話、ありがとうございました」

龍之介はあらたまり、正座し直して、仁左衛門に頭を下げた。

第四章　朧月夜《おぼろづきよ》の決闘

一

河原仁左衛門から聞いた話は、龍之介にとって、夜も寝られぬほど衝撃だった。

父上は藩執政北原嘉門の悪行を告発し、諫言するため、身を賭して切腹したのだ。決して、父上が自ら罪を犯すようなことをし、その責任をとって自裁したわけではない。やはり、父上は間違ったことをしたわけではなかった。それが分かっただけでも、龍之介は涙が出るほど嬉しかった。

だが、父上は筆頭家老北原嘉門たちのどのような悪行を知って諫言したのか？

龍之介は、寝床に就いても、様々な思いが浮かび、悶々《もんもん》として眠れなかった。

北原嘉門は、父上に悪行を知られ、それを御上に告げられるのを恐れて、父上の遺書を始末したと考えるのが一番ありそうな筋だ。

その諫言を書いた遺書は、いったい、どうなったのか？

すでに北原嘉門一派の手により、焼却処分されてしまったか？　あるいは、まだ、どこかで誰かに保管されている可能性もないことはない。

龍之介は、寝返りを打った。

目を瞑り、推理した。

遺書は、番頭の栗山鶴之助が見付け、すぐに上役の誰かに届けられた。問題は、そこから先だ。

遺書を受け取った上役は、父上の遺書が御上宛になっているのを知り、中身を読まずとも書かれていることが、藩執政たちの不正を告発する諫言に違いないと判断する。

いくら上役でも御上宛の遺書を無断で開封して読むのは畏れ多い。万が一、御上にそれを知られたら、厳罰ものだ。軽くても、お役御免の上に減禄《げんろく》、下手をすれば御上の尊厳を損《そこ》ねたとして、お家取り潰し、切腹にもなりかねない。

上役は、そんな危険な遺書の扱いに悩むだろう。御上に即刻、遺書を上げればまだしも、手元に置いておくだけで、後で、なぜ遅れたのか、と責任を問われかねない。

かといって、御上に遺書を上げれば、自分よりも、さらに上の藩執政の誰かが告発される。告発された執政から、なぜ、おまえのところで、遺書を留め置きし、私に知らせなかったのか、と叱責され、恨まれることになるだろう。

とすれば、その上役は、責任逃れをするために、遺書の中身を見ることもなく、己れが忠誠を誓っている藩執政に遺書を届けるのではあるまいか。後は、その執政が遺書を読んで、どうするかの指示を待てばいい。

龍之介は、おそらく、父上の遺書の扱いは、そんな経緯になったのではあるまいか、と想像し、ため息をついた。また寝返りを打った。

雨戸越しに、雨が降りはじめる気配がした。まだ夜明けまでにはかなりの時間がある。

龍之介は、推理を進めた。

父上の遺書を受け取った執政は、おそらく北原嘉門に違いない。北原嘉門は、自分の不正や悪行を告発する内容に青くなった。

そこで、北原嘉門は遺書を届けた栗山の上役に、遺書は初めからなかったことにしろと命じた。その命令を受けた上役は、急いで栗山鶴之助を呼び、初めから遺書など見なかったよう証言を変えさせ、すべてを闇に葬った。

概《おおむ》ね、そんなことではないのか？

だとすると、北原嘉門は、己れの悪行を御上に告発する遺書など保管しておくはずがない。自分の身を滅ぼすような証拠は、さっさと焼却処分したに違いない。

とすると、父上の遺書は永遠に葬られてしまったことになる。

龍之介はため息をついた。

こうして、父上の潔白を示す証拠は消されてしまったと考えていいだろう。

父上のことを、生前の兄上真之助は、どこまで知ったのだろうか。

そこまで考えて、龍之介は、待てよ、と思考を止めた。

もし、兄上が、父上の北原嘉門の悪行を告発する遺書のことを知ったら、なぜ、一乗寺昌輔に斬り付けたのだ？　おかしいではないか。兄上が刃を向けるべき相手は、北原嘉門だったのではないか？

なぜ、兄上は若年寄一乗寺昌輔に斬り付けたのか？

話が合わないではないか。やはり、兄上は血迷ったというのか？

そんな馬鹿な。普段から冷静沈着で、聡明な兄上が、理由もなく、闇雲に昌輔に斬りかかるはずがない。いったい何故に、兄上は若年寄を襲おうとしたのか？

龍之介は新たな疑問に、ますます目が冴えて、寝つけなくなった。

龍之介は推論を組み立て直した。

兄上は、父上の切腹した事情を調べるうちに、新たな不正か悪行を知ることになった。それが、きっと一乗寺昌輔に関係していたのだろう。だが、兄上が我を忘れて、昌輔に斬りかかるほどの不正、悪行とは、いったい、何なのだ？

それも、兄上が父上の切腹事件を調べているうちに分かったことだとすると、やはり、父上の遺書に関係することなのだろうか。

龍之介は、出口の分からぬ迷路に踏み込んだ思いがした。また寝返りを打ち、もう一度推理を新たにしようとした。

ふと河原仁左衛門の話を思い出した。

仁左衛門は口振りからして、筆頭家老一乗寺常勝派にいるようだった。

もしかすると、仁左衛門の見方には、北原嘉門を貶《おとし》める意図が混じっていると考えた方がいい。

父上の遺書についても、北原派が処分したといっていたが、それは一乗寺派の見方かも知れない。

もし、北原派の誰かに、父上の遺書が消えたことについて訊けば、河原仁左衛門とは違った話を聞かされるかも知れない。

心の中で、別の自分がそっと囁いた。

原点に戻れ。原点に戻って考えろ。

原点とは、分かった事実だ。分かった事実を押さえることから、何があったのかを推理し、真相に迫る。

分かった事実を、頭の中で、整理して並べた。

父牧之介が深川御屋敷門前で切腹した。これは事実だ。目撃したのは、番頭の栗山鶴之助ほか門番たち。彼らにあたれば、証言が得られるだろう。

御上に宛てた遺書はあった。これも事実だろう。一度はあったといっていた栗山鶴之助は、その証言を撤回したが、上からいわれてのことに違いない。栗山鶴之助に直接にあたって、問い詰めれば、きっと白状するだろう。父上が遺書も書かずに、闇雲に切腹するはずがない。

父上の遺骸は荼毘に付され、寺に納骨された。では、藩の誰が、遺体を引き取り、荼毘に付したのか。父上の遺骨を寺に納めた人がいる。

きっと父上と親しかった誰かが行なったのだろう。その人を探し、父上が何をしていたのか、聞き出す。

それには寺の住職にあたるのが手っ取り早い。住職なら、誰が納骨をしに来たのか、知っている。

龍之介は、ため息を洩らした。

父上が北原嘉門に諫言するようなことなら、当時の上役で御用所を支配していた若年寄小山幹朗様が、何かご存じではないのか。

小山幹朗様は温厚で理知に富んだお方で、北原派や一乗寺派のどちらにも与《くみ》せず、中立を保っていたと聞く。そのため両派の板挟みになり、体を壊して、若年寄の職を辞したと聞いている。小山幹朗様の後に若年寄に抜擢されたのが、一乗寺昌輔だった。

きっと小山幹朗様は、部下だった父上が密事頭取として何をしていたか、上役として最も熟知していたはずだ。

もしかすると、父上がやっていた密事が、切腹事件の原因となっていた可能性もある。そうなると、北原嘉門の悪行とかとは別の原因で、父上が切腹した、ということになるかも知れない。

ぜひ、小山幹朗様に会い、父上が何に携わっていたのか、教えてもらう。龍之介は、まずは挨拶がてらでも、小山幹朗様を訪ねることを最優先しようと決心した。

龍之介はまた寝返りを打ち、天井の闇を睨んだ。

兄上のことだ、きっと父上の元上役小山幹朗様を訪ねているに違いない。

ひょっとすると、小山幹朗様は、兄上が、何故、乱心したのかもご存じかも知れない。

龍之介は、つぎつぎに思い浮かぶ推測に、心が躍った。明日から、調べを開始する。きっと真相に到達する。

龍之介は、あれこれと考え続けた。さすがに夜明け近くになると、龍之介は眠気に襲われ、徐々に眠りの世界に落ちて行った。どこかで雄鶏《おんどり》の朝を告げる朗々とした鳴き声が聞こえた。

二

龍之介は、近侍の戸山陣之助とともに、西郷頼母のお供をし、上屋敷へ参上した。町家の多い通りを避け、武家屋敷街の通りを辿って行ったので、コレラ騒ぎの阿鼻叫喚を見ずに上屋敷まで行くことが出来た。

会津藩上屋敷は、江戸城大手前龍ノ口《おおてまえたつのくち》にある。九千百五十坪の和田倉御門《わだくらごもん》内を拝領した屋敷で、松平肥後守《まつだいらひごのかみ》上屋敷と称されていた。会津藩は、ここを本邸としていた。

安政《あんせい》二年十月の大地震で、屋敷は倒壊したが、藩をあげて再建に取り組み、復興された。

龍之介は、まだ真新しい上屋敷の堂々たる威容《いよう》の建物に圧倒されながら、頼母に従って、表門を潜《くぐ》った。

屋敷の大玄関で、戸山陣之助が大音声で訪いをし、迎えに出て来た小姓たちに家老西郷頼母の参上を告げた。

早速に頼母たちは控えの間に案内された。

控えの間に座ると、頼母は龍之介にいった。

「わしは、これから御上にお目にかかり、家老職になったことをご報告申し上げる。おぬしは若年寄一乗寺昌輔殿にお目にかかり、ご挨拶しなさい。わしが面会できるよう取り計らっておいた」

「ありがとうございます」

「昌輔殿は、おぬしに会うのをだいぶ嫌がっておった。兄の真之助の件があるので、おぬしが遺恨《いこん》を持っているのではないか、と警戒しておった」

「さようでございましたか」

龍之介は苦笑した。兄の二の舞を演じるつもりはない。だが、昌輔様が警戒するのもよく分かる。

「わしが保証した。おぬしは遺恨なんぞ全く持っておらぬとな。兄の乱心のお詫びに上がったのだ、と。それに間違いないな」

「はい。間違いありません。決して頼母様にご迷惑をおかけするようなことはいたしません。兄の所業をお詫びするだけでございます」

頼母は目を細めて笑った。疑いの目だった。

「昌輔殿から、何をいわれても、腹を立てるなよ。約束できるか?」

「はい。どんなことをいわれても、誓って腹を立てるような真似はいたしません。ご安心くださいませ」

「よし。では、おぬしを信用しよう。武士に二言《にごん》はないぞ。いいな」

「はい」

龍之介は頼母に頭を下げた。

頼母は、そう言い残すと、戸山を従え、茶坊主に案内されて大廊下に歩き去った。

龍之介は、控えの間に一人残された。

控えの間は、床の間のほかの三方を襖に仕切られた部屋になっていた。どこからか、かすかに話し合う声や笑い声が聞こえて来たが、何をいっているかは分からない。その声も、やがて移動したらしく聞こえなくなった。

あたりは静寂に包まれた。龍之介は一人正座し、目を閉じて待った。

しばらくして廊下に人の気配がし、襖が開かれた。小姓が一人入って来た。

「まもなく、若年寄様がお目にかかります。お腰のものをお預かりいたします」

龍之介は傍らに置いた大刀を小姓に手渡した。小姓は大刀を受け取った後も、なお手を差し出した。

龍之介は腰に差した小刀も引き抜き、小姓に渡した。小姓は大小の刀を捧げ持ち、部屋から出て行った。

入れ替わるように、屈強な体付きの小姓が二人、部屋に現われた。目付きが鋭い方の小姓が静かにいった。

「ご案内します。こちらへ、どうぞ」

「かたじけない」

龍之介は席を立って廊下に出た。鋭い目の小姓が、先に立って歩き、龍之介の後に、もう一人の小姓がついて歩く。二人とも腰に脇差を差している。二人の立ち居振る舞いから、かなりの剣の腕前と龍之介は見て取った。

長い廊下を歩き、いくつかの角を曲がった。

やがて、広い庭が見える廊下に出て、いくつか並んだ座敷のひとつの前で足を止めた。目付きの鋭い小姓が障子戸を開け、龍之介に中に入るように案内した。

「こちらで、少々お待ちください」

二人の小姓は、そう言い残し、障子戸に閉め、どこかに去った。

龍之介は座敷の真ん中に正座した。

正面に床の間を背にした上座がある。右手はいま案内されて来た廊下があり、障子戸で仕切られている。後ろの襖と左手の襖は、それぞれほかの座敷との仕切りになっている。

障子戸越しに、庭の鹿威《ししおど》しの音が、決まった間隔で聞こえて来る。あたりは不気味な静寂に包まれていた。

龍之介は緊張した。後ろの襖越しに、複数の人が控える気配があった。左手の襖の背後にも、同じように複数の人が息を殺して控えているようだ。

鋭い剣気《けんき》を感じた。

それも並々ならぬ剣気だった。

大勢の侍が控え、一声あれば襖が開き、一斉に飛び込んで来る構えだろう。

龍之介は寸鉄《すんてつ》も帯びていない。いや、胸に忍ばせている奈美の一本挿しの簪がある。役に立つとは思わないが、あるだけで心強い。

ここで、闇討ちを食わされるのか。その時は、その時だ。龍之介は腹を括った。

やがて、廊下に数人の足音がした。龍之介は、平伏し、障子戸が開き、部屋に入って来る者たちを迎えた。

「待たせたな」

一乗寺昌輔の声が響いた。一乗寺常勝そっくりな声だった。

「顔を上げい」

龍之介は顔を上げた。目の前に昌輔が座っていた。龍之介に会うのが、いかにも嫌そうな顔をしている。兄の一乗寺常勝よりも端整な顔だった。

龍之介は穏やかな声でいった。

「お初にお目にかかります。望月龍之介にございます。どうぞ、お見知りおきくださいませ」

「そうか。おぬしが真之助の弟龍之介か」

昌輔は床の間の前に座り、脇息《きょうそく》に腕を載せた。昌輔の左右に先程の屈強な小姓たちが、正座していた。刀を左脇に置いている。いつでも抜刀出来る態勢だ。

昌輔の左手のすぐ後ろに、もう一人、小柄な小姓が刀を立てて座っている。

「兄真之助が、ご迷惑をおかけし、まことに申し訳ございませんでした。兄の不始末、弟として、心からお詫び申し上げます」

龍之介はそう述べ、昌輔に再び平伏した。

昌輔は龍之介が平伏して謝罪したので、いくぶん機嫌を直した様子だった。

「もう済んだことは済んだことだ。兄弟とはいえ、兄は兄、弟は弟だ。真之助とおぬしとは別人だ。兄のしたことに、弟のおぬしが責任を感じることはない」

昌輔は太っ腹なところを見せていった。龍之介は顔を伏していった。

「と申されましても、弟として、兄が起こした不始末、どうお詫びを申し上げたらいいのかと、ひたすら恐縮いたしております」

「まあよい。それがしとて、信頼しておった真之助が何故に突然、乱心したのか、訳が分からぬのだ。話せば分かるものを、突然に、聞く耳も持たず、それがしに襲いかかったのだからな。それゆえ、それがしは小姓たちに守られ、早々に避難させられた。だから、まさか、近侍の者たちと斬り合いになり、死傷者が出る騒ぎになるとは思わなんだ」

「…………」

龍之介は昌輔の思わぬ言葉に驚いて顔を上げた。昌輔の話を信じれば、昌輔は小姓たちに連れられて、兄の最期を見ていないということになる。

龍之介は思い切って昌輔に尋ねた。

「兄は、どういうお話があって、若年寄様を伺ったのでしょうか？」

兄が乱心する前、どんな口実で昌輔に面会したのかが知りたかった。どうせ昌輔は正直に答えはしないだろうが、訊かない手はない。

昌輔は苦々しくいった。

「藩のためになる、いい話があるので、ぜひ、それがしと相談したい、と申しておったのだ。いい話どころか、とんでもない与太話《よたばなし》だった」

「……どのような与太話でございましたか？」

真之助は、乱心するまで、昌輔とちゃんと話をしたのだ。それが、与太話をしているうちに、気が触れたというのか？

「与太話は与太話だ。おぬし、なぜ、そのようなことを尋ねる？」

昌輔は不機嫌な顔に戻った。

「失礼いたしました。兄が、どんなくだらない話をしていたのか、気になりまして」

「詳しくは忘れた。それがしを腐す話だ。とんでもない讒言で、それがしは呆れ返り、無礼者、下がれといったら、突然、真之助は逆上し、それがしに斬りかかった。後のことは分からない。それがしも、頭に血が上り、真之助を罵倒しておったからな」

「さようでございましたか。兄は、なんという無礼をしたことか」

龍之介は、そういいながら、兄はいったい、どのような讒言をしたのか、と考え込んだ。

その場に立ち合い、兄に片腕を斬り落とされた筧主水介が、死に際にいった言葉を思い浮かべた。

「真之助は……決して悪くないぞ。……正そうとした」

何を正そうとしたのかは聞くことが出来なかったが、兄上は昌輔の悪行を正そうとしたのに違いない。なんの証拠もないが、そうとしか思えない。

「ともあれ、乱心した真之助を止めようとした小姓たちに犠牲者が出たのは、不測の事態だった。近侍の者が乱心した真之助をどうしても抑えることができず、止むを得ず、刺殺したと聞いた。気の毒ではあるが、自業自得《じごうじとく》だ」

「小姓の方々に、ご迷惑をおかけし、本当に申し訳ないと思っております」

龍之介は昌輔の左右に控えている小姓たちを見た。小姓たちは無表情であらぬところを見ていた。話を聞いていない素振りをしている。

「特に兄に斬られて亡くなった方のご遺族には、申し訳ないと思っております。なんとお詫びをしたらいいのか」

「心配無用。それがしから手厚く褒賞を渡してある。それがしの命を守ってくれたのだからな」

　昌輔は憮然《ぶぜん》とした顔でいった。

「負傷した小姓も死んだ小姓の遺族も、事件を忘れようとしている。それを、おぬしが妙な詮索をして、事件を蒸し返すと、怪我をした小姓も、また思い出して、おぬしの兄に対する恨みを募らせかねない。だから、おぬしも自重し、済んだことを蒸し返さぬことだ。これは警告でもある。放っておけ。いいな」

「はい。心に留めて置きます」

「では、もういいな。それがしは、政務で忙しい」

「はい。お時間をいただき、ありがとうございました」

　龍之介は頭を下げた。

　昌輔はさっと立ち上がり、足音も高く、座敷から廊下に出て行った。小姓たちが、すぐさま後に従って出て行った。

　襖の向こうの剣気も、いつの間にか消えていた。

　龍之介は緊張が解けて、ほっとした。

　同時にある疑問が浮かび上がった。兄上は、昌輔に斬りかかったというが、いったい、刀をどうやって持ち込んだのか？　控えの間で、龍之介のように、小姓に腰の大小を預けたのではなかったのか?

　何かからくりがある、と龍之介は思うのだった。

三

　龍之介は、その日、勝海舟の推薦状を懐に、西郷頼母とともに馬で築地の講武所を訪ね、入所申請を行なった。講武所は、本来、幕府の旗本御家人の子弟の武芸鍛練を行なうために設立された軍事訓練所だった。そのため、会津藩士の望月龍之介は、いわば国内留学生として入所したのだった。だが、入所にあたっては、講武所の教授方の推薦状が必要であった。龍之介は、西郷頼母が親しくしていた教授の勝海舟の推薦状で入所することが出来た。

　龍之介はまだ勝海舟とは面識がなかったが、頼母が勝海舟に頼んで推薦状を書いてもらったのだった。築地には軍艦操練所が創設され、勝海舟は、その教授でもあった。

　龍之介が三田藩邸に戻って来ると、宿舎の部屋で顔見知りの藩士が待っていた。

　龍之介は一目見て叫ぶようにいった。

「ああ、田島孝介《たじまこうすけ》さんではありませんか」

「龍之介、久しぶりだな。元気そうでなにより。おぬしの噂はよう聞いておる。兄貴よりも立派になったな」

田島孝介は相好を崩して笑った。

田島孝介は、兄真之助の子ども時代からの什の仲間だった。

「田島さんはお変わりありませんか」

「変わった変わった。大変わりをしておる」

田島は照れ笑いをした。

「どう変わったのですか？」

「つい先だって、こちらで嫁さんを貰った。ある小料理屋に通ううちに、その女将《おかみ》と、ついつい、いい仲になってな。所帯を持つことになった」

「あれ。国許のお嫁さんは」

「国許を出たきりの江戸詰めなのに、ろくに出世もしない、扶持も上がらない甲斐性無しの亭主っていうことで、家を追い出されてしまったんだ」

「離縁されてしまったのですか」

龍之介は驚いた。

孝介は木元《きもと》家の次男坊で、部屋住みだったのだが、田島家に婿養子となって迎えられた。

田島家は黒紐格下の上士というい家柄で、家禄も五百石、花色紐組の望月家よりも家格が上の身分だ。

日新館に通っていたころは、兄真之助と仲がよく、連《つる》んで悪さをしていたらしい。藩校生だというのに、仲間と一緒に内緒で花街に出入りしたり、酒を飲んだりしていたらしい。

兄は、父が江戸詰めになって、なかなか国許に戻らぬようになったため、一家を守る責任を感じて、早々に悪い遊びから足を洗った。

孝介は親に隠れて遊び続け、日新館からも睨まれていた。しかし、孝介は、勉強が嫌いだが頭はよく、何につけ如才《じよさい》がなかった。剣の腕もよく、日新館道場では兄と並んで、筆頭次席の席次を争い、日新館道場の龍虎《りゆうこ》と称されていた。龍が真之助で、虎が孝介だ。

そうこうしているうちに、仲人筋が孝介に目をつけ、田島家の婿養子の縁組を用意した。田島家の娘は評判の美人だったため、木元孝介が婿入りした時、周囲から逆玉《たま》の輿《こし》と羨ましがられた。

祝言も盛大に行なわれ、有力なご家老たちが来賓として招かれた。孝介は家督を継ぐ義理の息子として大事にされた。

ところが、夫人が妊娠し、男の子が生まれると孝介の立場は一変する。祖父母は、血の繋がらぬ孝介よりも、血が繋がっている孫が可愛い。

田島孝介は家にいても面白くないので、放蕩《ほうとう》を繰り返し、家人から疎《うと》まれるようになった。藩も、そのような評判のあまり良くない田島孝介を重用せず、閑職ばかり押しつけた。

田島孝介の生活は荒れ、廓《くるわ》通いを始めてから、家人たちからさらに浮く存在になってしまった。

什仲間の真之助たちが心配して、田島孝介に何度も説教したが、田島孝介は聞く耳を持たなかった。田島孝介の荒れた生活は止まらなかった。

だが、さすがに田島孝介は、このままではいかんと気付いたらしい。ある時、懇意のご家老に頼み込み、江戸詰めのお役目に就けてもらった。そうして田島孝介は国許を離れ、江戸で真面目に働きだした、というのが、龍之介が、兄真之助から聞いた話だった。

田島孝介は顎を撫でた。

「三行半《みくだりはん》を突き付けられてしまった以上、未練は捨てた。国許に帰っても帰る家はなしとなったので、江戸にずっと住み着こうってわけだ。おぬしはまだ若いから、いまのうちに、大いに遊んでおけよ。でないと後で損するぞ」

田島孝介は「あははは」と豪快に笑った。

だが、龍之介は、田島孝介が腹の底から笑っていないように感じた。

龍之介は、近くに下男か下女はいないか、と見回した。

「いま、お茶を出させましょう」

「おい、龍之介、酒はないのか？」

「どこかにあるとは思うのですが、まだ三田藩邸に来て七日も経ってないんで」

「勝手が分からんか」

田島孝介はにやにやした。

「そういう時は、まず中間頭《ちゅうげんがしら》を探すんだ。で、中間頭にちょっと鼻ぐすりを嗅がせる」

田島孝介は懐から財布を出し、なかから一朱金《いっしゅきん》を取り出した。

「これを握らせれば、たいていの中間頭は、たちどころにいうことを聞くようになる。酒はもちろん、旨い食い物だって届けてくれる。場合によっては、おんなだって連れて来るって寸法だ」

「この藩邸にですか？」

「当たり前だ。いっちゃあなんだが、藩邸の出入りなんか、金次第だ。三田藩邸のようなでかい藩邸なんか、どっからでも出入りできる」

龍之介は丈の高い築地塀を見やった。

「龍之介、どんな塀でも、どっかに秘密の抜け道ってえのがある。中間小者《こもの》は、おれたち侍が偉そうにしているのを、心底、馬鹿にしているんだ。知らぬは侍ばかりなりってな」

「ふうむ」

龍之介は田島孝介の言説《げんせつ》に惑わされた。

「こんなしけたところでぐずぐずしてないで、どうだ。おぬしの入府祝いをしよう。外へ出て、飲みに行こうや」

「しかし、それがし、懐具合が」

「心配するな。金はおれが持っている。第一、真之助の弟に、先輩のおれがおごらせるわけにはいかんだろ」

「しかし、藩邸外はコロリが流行っていて、危ないから、やたら外出するなっていわれています」

「上の連中は、一応、そういっているが、その本人が深川や吉原に密かに繰り出しているんだぞ」

「ほんとですか」

「コロリが恐くて、酒が飲めるか。さあ、出かけるぞ。支度をしろ」

「どこへです?」

「深川に連れてってやる」

「深川ですか」

龍之介は驚いた。いつか行こうと思っていたところだ。ただし、会津藩の深川御屋敷があるところだ。

「龍之介、おまえ、田舎でも深川の花街ぐらいは噂に聞いておるだろう」

「はい。もちろん、聞いてます」

龍之介はうなずいた。

だが、三田藩邸から深川へは、どう行くというのだろうか?

「馬で行くのですか?」

龍之介は乗馬用の袴を脱ぎかけてやめた。

「舟だ」

「舟ですか？」

「そうだ。猪牙舟《ちょきぶね》ってえ、足が速くて、便利な舟だ。江戸にはたくさんの掘割や河川があるから、陸《おか》をてくてく歩くよりも、掘割や川を猪牙舟で行く方が楽で速いんだ。袴なんか脱げ」

田島孝介は、袴は穿かず着流し姿だった。

龍之介も袴を脱ぎ、着流しになった。袴を脱いだ分、身軽になった。角帯《かくおび》を締め、腰に脇差一本を差し込んだ。田島は、龍之介の着流し姿に、それでよし、とうなずいた。

「参ろうか」

田島は、ついて来いと顎をしゃくると、宿舎から出て、藩邸の門に向かって、すたすたと歩き出した。龍之介も急いで田島の後を追った。

藩邸の大門の詰め所には、杖を持った門番が屯《たむろ》していた。田島は門番たちに、ちょっと手を上げた。門番たちは田島を見知っているらしく、一斉に頭を下げた。

「お疲れ様でした」

「うむ。お勤め、ご苦労」

田島は鷹揚《おうよう》にうなずいた。門番たちは急いで通用門の扉を開いた。田島は開いた戸口から出て行った。龍之介も慌てて田島の後から外に出た。

藩邸の前の通りは、両側に築地塀が建った武家屋敷街を抜けて延びている。人の通りは、ほとんどない。荷物を運ぶ小者が数人歩いているだけだった。

田島は築地塀の間の狭い路地に入って行った。その先に掘割が見えた。小さな桟橋の船着場があった。一艘《そう》の小舟が桟橋に纜で繋がれていた。船首が尖った細長い小舟だった。長い櫓が船縁《ふなべり》に横たわっている。

小舟の傍らで、船頭がのんびりと煙管を啣《くわ》え、莨《たばこ》を吸っていた。

龍之介は、これが猪牙舟なのだな、と思った。

船頭は田島を見ると、煙管の首を船縁にとんと叩いて、灰を落とした。

「お帰りなせえ」

「うむ。待たせたな」

田島は猪牙舟に乗り込み、後ろの席に座った。

龍之介は猪牙舟に乗り込むと前の方の席に座った。

船頭は杭に繋いだ纜を外し、船縁に横たえてあった櫓を船尾に取り付けた。

「出しやす」

船頭は手で桟橋を押した。小舟は掘割の中央に押し出された。龍之介は左右に揺れる小舟の縁を手で摑んだ。田島が笑った。

「すぐに慣れる。船頭、深川に戻ってくれ」

「へい、旦那さま」

船頭は櫓をゆっくりと左右に押すようにして漕ぎ出した。猪牙舟は、掘割の水面《みなも》を滑るように走り出した。

なるほど、これは速い。

龍之介は舳先《へさき》が水を切って進む様《さま》に感嘆した。見る見る三田藩邸が遠ざかって行く。

猪牙舟は、勢い良く滑り、掘割から掘割へと移動しながら、進んで行った。

やがて、ある大きな川の河口に出て、両岸を繋ぐ大きくて長い太鼓橋が見えて来た。

四

猪牙舟は、大川の流れを横切り、真っ直ぐに伸びた掘割を進み、二つ橋の袂の船着場に横付けになった。

田島孝介と龍之介は相次いで猪牙舟から下りた。階段を登り、掘割の脇の道に上がった。

あたりは、まだ昼日中だというのに、色っぽく化粧した芸者らしい女を引き連れた、商家の旦那衆や、旗本御家人の侍姿がうろついている。赤い提灯《ちょうちん》が並び、置き屋の二階の窓から三味線の音色が聞こえる。

「このあたりが、深川の花街ってえわけだ。龍之介、よおく覚えておきな。いずれ、おぬしも、この花街の虜《とりこ》になり、出入りするようになる」

田島孝介は懐手をしながら、悠然《ゆうぜん》と歩いた。龍之介も自然に田島と歩調を合わせるようにゆっくり歩き、あたりをきょろきょろと見回した。

「ここだ」

田島は瀟《しょうしゃ》洒な二階建ての小料理屋の前で足を止めた。出入口の柱にかかった看板を顎で指した。

小料理屋　美世《みよ》。

達筆な字で書いてあった。

入り口に小さな暖簾《のれん》が掛かっていた。障子戸は開いていた。店の中から、華やいだ女たちの笑い声と、男たちのからかう声が聞こえてくる。

「入るぞ」

田島は暖簾を指で上げ、入って行った。龍之介も急いで続いた。

「いらっしゃいませえ」

女たちが一斉に声を上げた。

狭いが居心地の良さそうな店だった。十二畳ほどの畳の客間は、低い屏風《びょうぶ》の間仕切りで、四つの間に仕切られている。それぞれに丸い飯台や長方形の飯台が並べてある。

間仕切りされた一角に、丸い飯台を囲んだ客や仲居たちの人影があった。

商家の旦那衆らしい腹が少し出た男を囲んで、なよっとした芸者、太鼓持ち、店の仲居たちが酒を飲んでいる。

客間の奥は長い暖簾で隠した店の調理場だった。暖簾の合間から、板前の姿が見え隠れしていた。

女将らしい女が手洗い桶を持って来た。

「ここで手を洗ってください。コロリ避けですよ」

龍之介と田島は、いわれるままに手洗い桶の水で交替で手を洗った。

「お二階へどうぞ」

女将らしい女が田島と龍之介を流し目で見つめ、優しい声でいった。女は明るい笑みを浮かべ、席から立ち上がった。

龍之介は、はっとして女将に見蕩《と》れた。

ふくよかな丸顔に綺麗に整った目鼻立ちの若い女だった。赤い鱈子《たらこ》唇が妙に色っぽい。

女の立ち居振る舞いに切れと張りがあった。

「いい女だろう。あれが深川の女だ」

小股《こまた》の切れ上がった女というのは、こういう女をいうのだろうと龍之介は思った。

田島は二階への階段を登った。龍之介も後に付いて階段を上がった。後ろから、とんとんと軽い足音が続いた。

二階は間仕切りの大屏風が部屋の真ん中にあり、部屋を二つに分けていた。屏風の陰には、使われていない箱膳がいくつも重ねて置いてある。

田島は窓側を背にして、だらしなく座った。龍之介は向かい合う形で正座した。

「ようこそ、いらっしゃいました。初めてですね。女将の美世です」

女将も正座し、龍之介に三指《みつゆび》をついてお辞儀をした。

「お美世、挨拶はそれくらいにして、酒を頼む。いつもの下り酒だ。それと、摘《つま》みを適当に見繕って」

「はい。旦那様」

女将は艶《つや》のある笑みを田島と龍之介に向けると、立ち上がり、大屏風の向こうから、箱膳を二つ運んで来た。田島孝介の前と、龍之介の前に箱膳を並べた。

「少々お待ちくださいまし」

女将はまたそそくさと立って、階段を足取り軽く下りて行った。

「旦那様といいましたね」

「うむ。あれが、おれの新しい女房だ」

「そうでしたか」

龍之介は頭を振った。江戸の、しかも深川の女を初めて見た。

「龍之介、おぬし、江戸へ何をしに来たのだ？」

「幕府の講武所に入所します。じっくりと最先端の武芸と西洋兵学を学ぶつもりです」

「それは、表向きだろう？」

「え？」

龍之介は田島を見つめた。

「おぬし、お父上の切腹事件と、兄上の真之助の乱心事件の両方の真相を探りに来た、違うか？」

「…………」

田島はじろりと舐めるように龍之介の顔を見つめた。龍之介は田島の真意を疑った。心のどこかで、筧主水介がいった言葉が呪文《じゅもん》のように繰り返されている。

「味方の顔をした敵に……気をつけろ」

「龍之介、おれを信じろ。おれは真之助の親友だった。おれは藩に腹を立てている。なぜ、お父上の事件や真之助の事件を解明しようとしないのか、とな。おぬしが両方の事件の真相を調べに来たのなら、おれは全力をあげておぬしに協力する。おれも本当のことが知りたいのだ」

龍之介は筧主水介の警告を封印した。筧の警告は、場合によっては、味方を疑う毒の作用がある。兄上の什仲間の田島孝介が敵とは、どうしても思えない。

「分かりました。これから講武所で武芸と兵学を習いながら、個人的に、父上や兄上の事件の真相を調べたい、と思っています」

龍之介は、大目付や西郷頼母から、密命を受けているということは、保秘としていわなかった。あくまで個人的に調べるということにした。

田島孝介は疑わしげに目を細めた。

「誰からかの密命ではないのか？」

「いえ、密命ではありません」

「本当か？」

「どうして、密命だと疑うのですか？」

「もし、密命だったら調べやすいからだ。北原派も一乗寺派も、いろいろ対立して鎬《しのぎ》を削っている。もし、北原派でも、一乗寺派でもない、第三の正義派が事件を解明したら、きっと両派とも崩壊する。藩政改革ができる。おれは、そう思っているし、そう願ってもいる」

田島孝介は、声を忍ばせていった。

階段にとんとんと軽やかな足音がした。

お美世と、もう一人仲居が姿を見せた。

「お待ち遠さま」

お美世と仲居の二人は、抱えて来た酒の銚子と料理の皿を、それぞれ箱膳の上に並べた。

「あなた、お酌しましょうか？」

お美世が艶やかな仕草でお銚子を摘み上げた。田島孝介は頭を振った。

「いや、あとにしてくれ。二人で、ちと込み入った話をする。人払いをしたい」

「分かりました。お杉《すぎ》、行きましょう」

「はい。女将さん」

お杉と呼ばれた仲居は、龍之介に笑顔を見せ、会釈をすると立ち上がった。

「お話が終わったら、呼んでください」

「うん。分かった」

お美世とお杉の足音が階段を下りて行った。

「飲もう」

田島孝介は銚子を摘んで、龍之介に差し出し、盃を出せという仕草をした。龍之介は盃を差し出した。田島は銚子の酒を龍之介の盃に注いだ。ついで、手酌で自らの盃に酒を注いだ。

「お父上と真之助の御霊に献杯《けんぱい》!」

「献杯」

二人は盃を宙に捧げ、御霊に祈ってから、酒を干し上げた。

「おぬしに、おれが協力できると申したのは、おれは深川御屋敷の勘定方になったからだ」

「なんですって。深川御屋敷におられるのですか? いつから?」

「今年からだ」

　龍之介は考え込んだ。父上が深川御屋敷の門前で切腹したのは、昨年だ。その時には、まだ田島は深川御屋敷にいない。

「それまでは、どちらに？」

「深川御屋敷にも近い大川端《おおかわばた》屋敷だ。そこの勘定方にいた」

　大川端屋敷は、幕府若年寄水野《みずの》壱岐守《いきのかみ》忠見《ただちか》から借りた五百坪の屋敷で、両国橋の南の矢ノ倉《やのくら》にあった。こちらも会津の廻米などを保管していた。

「深川御屋敷におられるなら、調べてほしいことがあります」

「何を調べる？」

「警備方の番頭栗山鶴之助殿についてです」

「栗山鶴之助だと？」

　田島は、顔をしかめた。

「はい。父上が切腹した時、遺書を発見した方です。栗山は、一度御上宛の遺書があったと証言したが、少し経ってから、遺書はなかった、と証言を翻した人です」

「栗山は死んだ」

　田島はぶすっとした声でいった。

「な、なんですって。死んだ?」

龍之介の脳裏に、口封じがかすめた。

「うむ。コロリでな。コロリにかかって、下痢と嘔吐と発熱で苦しんだ末に、コロリと逝った。罹《かか》ってわずか三日でコロリだった。蘭医が治療にあたったが、手のほどこしようがなかった。運の悪い男だった」

田島は銚子の酒を、また龍之介と自分の盃に注いだ。酒を不味《まず》そうに飲んだ。

「栗山鶴之助は、父上の遺書を見付け、いったんは持ち帰ったと思われます。それを、上役の誰に渡したのか、調べることができますか」

「うむ。調べてみよう」

「それがしの考えでは、その上役は御上宛の遺書が自派の頭領の不正を告発するものだったので、なかったことにして、闇に葬り去ろうとした」

「龍之介、待て。おぬしの考える、その頭領というのは、筆頭家老北原嘉門のことか?」

「はい」

「なぜ、そう思った?」

「死んでしまったとすると、証言は取れないでしょうが、栗山は北原派だったと思うのです。だから、親分の北原の悪行を告発した遺書は……」

田島が龍之介の話を遮った。

「番頭の栗山鶴之助は、一乗寺派の子飼いだったのだぞ」

「…………」

推理の前提が違うと、描いた積み木ががらがらと崩れてしまう。龍之介は思わず絶句した。

栗山鶴之助が一乗寺派だったら、どうなるのか？　もう一度、推論を組み建て直さねばならない。

「龍之介、もしかすると、お父上の遺書はまだ処分されずにあるかも知れんぞ」

「どうしてですか？」

「もし、栗山から一乗寺派の幹部に、北原嘉門を告発する遺書が上げられたら、一乗寺派はしめた、と思うだろう。北原嘉門を追い落とす絶好の材料が手に入るのだからな」

「なるほど。そうすると、一乗寺派は遺書を処分しないで、北原派を操る手段にする、というわけですね」

「そうだ。そうすると、お父上の切腹事件の後、北原嘉門が筆頭家老の座を下り、一乗寺常勝が筆頭家老になったのが腑に落ちる。さらに、その遺書をちらつかせて、北原派の反対を押し切り、昌輔を若年寄に抜擢できる。そう読むと、北原派と一乗寺派の暗闘と談合の絵図がくっきりと描けるではないか」

田島は満足気にうなずいた。

龍之介は、はたと考え込んだ。

いま描かれた絵図が正しいとしたら、兄上真之助の乱心事件は、どう描かれることになるのか?

田島は大満足で笑い、大声でお美世を呼んだ。

「おーい、お美世。酒を持って上がって来い。それに湯呑み茶碗だ。茶碗を四つ、みなで飲もう」

「はーい、ただいま、お持ちしますよ」

お美世の華やいだ声が聞こえた。

田島は、二人の盃に酒を注ぎながらいった。

「問題は、一つ。おぬしのお父上は、北原嘉門の悪行の何に気付いたのかだ。それが分からぬと、事件の真相は見えてこない」

「そうですね」

龍之介も盃の酒を飲み、考え込んだ。

田島が銚子で龍之介の盃と自分の盃に注ぎながら、独りごちるようにいった。

「真之助も生前、しきりに、父上は何を調べていたのか、といっておった。それには、お父上が密事頭取として、やっていたことに関係するのではないか、とな」

父上が密事頭取としてやっていたことは、密命であり、絶対の保秘だ。その保秘事項に手を触れることが出来るのは、筆頭家老だけである。筆頭家老だった者は、その職を下りても、保秘は守らねばならない。一度知った保秘は墓場まで持って行かねばならない掟になっている。

もし、守秘義務に違反して、保秘を明らかにしたら切腹を覚悟せねばならない。

そんな保秘事項をどうやって探るというのか？

龍之介は、兄の真之助の乱心事件で、ふと頭に浮かんだ疑問についていった。

「兄上は、昌輔殿に面会しに参上した時、控えの間で、腰の大小を小姓に預けたはずです。ところが、兄上は乱心して、昌輔殿に刀で斬り付けた。丸腰だったはずの兄上が、刀をどうやって手に入れたのでしょうか？」

田島は考えながらいった。

「たしかにそれはおかしいな。だが、真之助が近くにいた小姓に飛び付き、刀を奪ったのかも知れないぞ」

「なるほど。しかし、小姓は手練れが揃っています。容易に小姓から刀を奪うことはできぬと思いますが」

「真之助ならできぬことはないぞ」

田島は盃の酒をぐびっと飲んだ。

「それから、気になるのは、いったい、誰が兄上を斬ったのでしょうか？」

「小姓の誰かではないのか？　おぬしもいうように小姓には、腕が立つ者が選ばれている。誰が真之助を斬ってもおかしくないぞ」

「そうだとしても、誰が斬ったのか、噂にもなっていません。なぜ、なのですかね？」

「小姓三人が死傷したと聞いているが、そのうちの一人が斬ったのではないのか」

「小姓の一人は斬られて死亡。一人は兄上を止めようとして右腕を斬り落とされました。これは筧主水介殿と分かっています」

「右腕を斬られる重傷では、いくら剣の達人でも真之助を斬るのは難しいな。もう一人いたな？」

「軽傷で済んだ小姓です」

「その小姓に斬られたのではないか？」

「だったら、兄を斬って、昌輔殿を守ったのだから褒賞もののはずです。なぜ、名前を出さないのでございましょう？」

「万が一、復讐されたり、仇討ちされると困るからではないか？」

「それがし、たとえ誰かと分かっても、復讐したり、仇討ちしたりはしませんが」

「おぬしは、しなくても、真之助の背後にいる黒幕が復讐するかも知れないではないか？」

「兄上の背後にいる黒幕？　そんなのいるわけがありません」

龍之介は戸惑った。田島は笑った。

「分からんぞ。わしらだとて、知らぬ間に、誰かに利用され、操られているやも知れぬ」

「そんな馬鹿な」

龍之介は憮然とした。自分は絶対に他人の操り人形ではない。だが、と考えた。龍之介は大目付と頼母様の密命を受けている。兄上も誰かの密命を受けていた？

階下で、一斉に「いらっしゃいませえ」という女たちの声が上がった。

誰か客が入って来た様子だった。

田島は空《から》になったお銚子を振った。

「おーい、お美世、酒はまだか」

「ただいま、お持ちします」

田島はにやにやしながらいった。

「おぬし、どうして、そんなに真之助を斬った男が誰か知りたいのだ？」

「兄上の最期を知りたいのです。斬った相手を恨んだりしません。武士として、最期はどうだったのか、知りたいだけです」

階段を登る気配がした。

田島は酒が来たかと思い、階段の方を振り向いた。龍之介は腕組みをし、考え事をしていた。

登って来たのは、編笠を被り、黒い布で鼻や口を覆った武士だった。

武士は龍之介と田島を一目見ると、ぎくりとして足を止めた。

田島が怒鳴った。

「二階の座敷は、いま使用中だ。大事な客人と話をしている」

「これは失礼いたした」

編笠の侍は静かに階段を下りて行った。

入れ替わるようにして、お美世とお杉の二人が盆に酒と焼き魚、山盛りにしたお新香の皿を載せて上がって来た。

「二階には誰も上げぬよういっておいたであろうが」

田島が不快そうにいった。

「あなたも御存じの方だと思いましたけど」

「いや知らん。前にも来たことがあったか」

「はい。何度か、御出でになったお武家さんですよ」

「そうだったかな。覚えておらん」

「来ても、お銚子一本、煮物や煮付けを一品だけで、お帰りになる。旦那様とも挨拶だけでほとんど喋らない。一人でちびりちびりやってお帰りになる客ですが」

女将のお美世が優しい笑顔で田島を見た。

「そうだったかな。酔っていると覚えておらぬ」

田島は頭を掻いた。お美世は笑い、傍のお杉に目配せした。

「さ、おひとつどうぞ」

お杉が満面に笑みを浮かべ、龍之介に銚子をそっと差し出した。龍之介が盃を出すと、お杉は頭を振った。

「湯呑み茶碗で行きましょう」

お杉は湯呑み茶碗を龍之介に差し出した。

「さ、旦那様、あなたもよ」

お美世が田島の小脇に肘《ひじ》を入れた。ぼんやりと何か考えごとをしていた田島が我に返り、湯呑みの酒をぐいっと飲み干した。

「よし、龍之介、今日は飲もうぞ。世間を騒がすコロリの厄払いだ」

「コロリ退散！」「悪霊退散！」

お美世とお杉が唱和した。田島が茶碗を箸で叩いて囃《はや》した。

龍之介も大声で「悪霊退散」「コロリ退散」と叫んでいた。

五

龍之介は家老の西郷頼母から、前若年寄の小山幹朗が芝藩邸で静養していると聞き、見舞いに上がった。

芝藩邸は芝新銭座《しんせんざ》邸ともいわれる会津松平家の中屋敷である。邸から少し行くと江戸湾の海や浜辺を望むことが出来る景勝地だった。

邸の北側は伊達《だて》藩邸と接しており、南側には新銭座町、東側は舟路を隔てて浜御殿《はまごてん》があり、西側は露月町《ろげつちょう》や柴井町《しばいちょう》と接している。芝藩邸は総面積二万五千坪以上あり、会津松平家の威容を誇っていた。

小山幹朗は、この芝藩邸の離れで静養していた。

会津藩中屋敷は上屋敷の控え屋敷となっている。藩主容保は登城しない時、風光明媚《ふうこうめいび》な芝藩邸で暮らすのを好んだ。

龍之介は藩主松平容保の気持ちが分からないでもなかった。国許会津は四方を山に取り囲まれていて、海は見えない。この芝藩邸なら、のんびりとたゆたう海を眺め、日頃の憂《う》さを癒すことが出来る。潮騒《しおさい》に海鳥の鳴き声も聞こえて来る。

この芝藩邸なら、病の小山幹朗も世間から煩《わずら》わされず、ゆっくりと養生出来るというものだろう。

屋敷の式台に応対に出て来た小山の家人は、龍之介が西郷頼母の紹介だというとほっと安堵した顔になった。

「いろいろなお立場の方がおりましてな。殿を味方にしようと、しきりに御出でになられる。我々はそうした方々から殿をお守りすべく、お客様を選別しておるのです」

家人は、そう述べてから「では、ご案内いたします。こちらへ」と立ち上がった。

小山幹朗が静養する離れは、海辺側に面した敷地に建つ別棟だった。

小山幹朗は床《とこ》に臥《ふ》せっていたわけではないが、痩せ細った体付きで、顔色も悪く、襟の間から胸のあばらが見えた。まだ四十代半ばなのに、頭髪にはかなり白いものが混じっていて、六十代に見える。

龍之介は病気見舞いの口上《こうじょう》を述べ、小山幹朗の好物と聞いた羊羹《ようかん》の包みを差し出し、容体を伺った。

小山幹朗は礼をいった後、やつれた顔を龍之介に向け、「訪ねて来たのは、ただの見舞いのためではないだろう、用件をいえ」といい、軽く咳き込んだ。

龍之介は単刀直入に訊いた。

「過日、自裁した父牧之介のことでございます。父は、生前、小山様の下で何をしていたのでございましょうか?」

小山幹朗は苦笑した。

「お父上は本当に気の毒だった。わしも心底、望月牧之介殿の冥福を祈っておる。だが、元の上役ではあるが、牧之介殿が何をしていたかについて、いくらおぬしが牧之介殿の息子であれ、わしが話すことはできぬ。保秘がかかっておるのだ。分かるであろう?」

「父が受けていた密命の中身を知りたいのではありません。せめて、父が御用所密事頭取として、何に携わっていたのかを知りたいのです」

小山幹朗は薄い唇をさらに薄くした。

「それを知って、おぬし、何をするのだ？」

龍之介は、傍《そば》に控えている家人に目をやった。

「この者は、信頼できる。申せ」

「それがしは、御上から、調べろという密命を受けております」

龍之介は、止むを得ない、と腹を括った。

小山幹朗は、龍之介の顔を細い目で睨んだ。

「その証拠は？」

龍之介は懐から、大目付の信任状を取り出し、小山幹朗に差し出した。小山幹朗は、それを受け取り、書状を開いて、さらりと目を通した。

「これだけではのう」

「足りませぬか」

龍之介は懐から、もう一通の書状を出し、小山幹朗に差し出した。家老西郷頼母から受けた密命を記した書状だった。

小山幹朗の顔が引き締まった。

「これでも、足りませぬか。では、御上直々《じきじき》の……」

龍之介は張ったりをかまし、懐に手をやった。懐の奈美の簪をそっと握った。

「待て。御上の意向をお疑いするつもりはない」

龍之介はほっと息を抜き、簪を離した。

小山幹朗は家人に目をやり、人払いした。家人はうなずき、膝行して、部屋から廊下に出て行った。やがて、あたりに誰もいなくなった。

小山幹朗は、囁くような小さな声でいった。

「お父上は、筆頭家老北原嘉門様の命《めい》で、異国からの新式鉄砲千挺を買い入れる交渉に携わっていた。わしが御用所支配の責任者として、お父上からの報告や相談を受け、あれこれと指示を出しておった」

新式鉄砲千梃の買い付け？

龍之介は、それを聞いて、背筋にひやりと戦慄が走るのを覚えた。

「新式銃と申されると？」

「新式のミニエー銃だ。これまでのゲベール銃を改良したライフル銃だ」

龍之介は、日新館でゲベール銃を撃ったことはあるものの、新式銃について何の知識もなかった。後で調べねばならないと思った。

「どこから購入しようというのです？」

「フランスからだ。外国商人から買い付けようとした」

小山幹朗はさらに声を低めた。

「だが、問題が起こった。我が藩の武器購入を聞き付けたイギリスが乗り出して、フランスよりももっと安くて新式の銃があるがどうか、といって来たのだ」

「では、父は購入先をイギリスに乗り換えたのですか？」

「どういうわけか、上がフランスからではなく、イギリスの銃を買う交渉をしろ、といった」

「父は？」

「外国商人との交渉が煮詰まっていたので、その命を撥ね付けた。約束が違うといってな。わしも上に契約を違《たが》えるのは、今後の武器購入に差し障りがあると申し上げた。だが、却下された」

「父は、どうしたのです？」

「仕方なく、外国商人に謝罪し、契約交渉を打ち切った。ところが、イギリスの代理人の外国商人が、今度は値上げをいって来た。それがフランスから購入する銃の金額よりも膨れ上がったので、お父上は激怒した。安いはずが、高くなるとは、どういうことだ、と」

「それで、上は?」

「フランスの代理人の商人と再度、交渉して、安く買えと命じた。それで、わしもお父上も再度、そのフランスの代理人の商人に頭を下げて、交渉再開をした」

「それで、どうなったのです?」

「別の商人から、あんたたちは騙されている、ミニエー銃より新式の後装式銃がある、というのだ」

「で、どうしたのですか?」

「ともあれ、なんとか外国商人と交渉して、どうにか購入した新式のミニエー銃五百挺が届いた。ところが、五百挺の新式銃が、どこかで、旧式のゲベール銃五百挺と入れ替わっていたのだ」

「どういうことなのですか?」

「帳簿上は、新式銃五百挺を購入したことになっているのだが、実際には旧式銃五百挺だった」

「誰かが操作したのですね」

「そうとしか、考えられない」

「保管していた蔵とは」

「深川御屋敷だ」

「五百挺の新式銃は、どこに消えたのです？」

「それが、分からないのだ」

「分からないというのは、どういうことなのです？」

「どこかに横流しされ転売された可能性が出て来たのだ」

「どこへ転売されたというのです？」

「長州かどこかの藩だ。いずれにしても、幕府が警戒している藩だろうと思う」

「誰が転売したのですか？」

「そこから先は、お父上が調べたことだが、結論的にいえば、筆頭家老北原嘉門殿が許可しなければ、起こらなかったことだ。わしらの問い合わせに、北原殿は激怒し、一乗寺派がやったのではないか、と白《しら》を切った。お父上は、それに対して、北原殿が転売して得た利鞘《りざや》と見られる金を記した帳簿を手に入れたらしい。らしいというのは、その証拠をわしも見ないうちに、お父上は北原殿を告発する遺書を書いて、深川御屋敷の門前で、切腹してしまった」

龍之介は唇を噛んだ。

「お父上は、早まったことをしてくれた」

「告発状はご覧になっておられないのですか？」

「見ていない」

「その父の遺書が、消えたと聞きましたが」

「おそらく、御上に届けられてはまずい、と思った者が盗ったのであろう。わしは、そのころから心《しん》の臓が弱り、これ以上、若年寄の激務を続ける自信をなくし、辞任した」

「……残念です。小山様が、そういうことで辞任なさるとは」

小山幹朗はうなずいた。

「わしが元気であれば、北原殿を追及し、真相を明らかにできたかも知れない。だが、そうこうしているうちに、北原殿が筆頭家老を下り、一乗寺常勝殿が筆頭家老に替わった。そして、これ以上、藩の不始末を外に洩らすな、とくに幕府に知られないようにしろ、と下命された。臭いものに蓋というわけだ」

おのれ、と龍之介は心の中で怒声を上げた。

北原嘉門は、自分の不始末を棚に上げて、父上牧之介を罪人にし、我ら望月家に失敗の責任を取らせた。なんという卑劣な！

小山幹朗はすまなそうにいった。

「せめてものお詫びにと、わしは罪人扱いされたお父上の亡骸を引き取り、荼毘に付した。遺骨は我が藩に昔から縁のある妙心寺に引き取ってもらい、住職に供養してもらった」

「……ありがとうございました。天上の父も小山幹朗様に感謝していると思います」

龍之介は、小山幹朗に礼をいい、頭を深々と下げた。

ふと天井で何かが動く気配がした。

龍之介は顔を上げて、聞こえよがしにいった。

「ねずみか。こそこそ聞き回りおって」

小山幹朗が怪訝《けげん》な顔をした。

「何を申しておる？」

「いえ。最近、頭の黒いねずみが天井裏をうろつき回って、人の話を盗み聞きするのが流行っているようでして」

小山幹朗はいきなり怒鳴った。

「出合え。天井に曲者がおるぞ」

廊下から家人たちがばたばたと足音高く駆けてきた。

龍之介は刀の柄を握り天井裏に耳を澄ました。

天井裏から、ねずみの気配は消えていた。

逃げたな、逃げ足の速いやつ、と龍之介は苦笑いした。

龍之介は、ふと半蔵を思い出した。

もしや、捕り逃がした半蔵ではないのか？

六

築地での講武所入所式は滞りなく終わった。

龍之介は、後から江戸入りをした笠間慎一郎と一緒に、旗本御家人の子弟たちに混じって、めでたく講武所の生徒になった。

笠間慎一郎は、やはり三田藩邸の鉄砲組の宿舎に寝泊まりしている。龍之介よりも一級上の先輩になるが、少しも偉ぶらない、気さくな性格の男だったので、たちまち親しい間柄になった。何より、幕臣ばかりの旗本御家人たちの中で、会津藩士の二人は会津訛りで話も出来るし、互いの存在が心強かった。

ほかにも、三人が派遣されて来るという話だったが、どういう事情か、延び延びになっている。

先に会津藩士が二人講武所に派遣されていると聞いていたが、龍之介たちが講武所で会うことはなかった。長崎の海軍伝習所に行ったということだが、詳しい話は分からなかった。

笠間慎一郎は、志望通りに砲術科に入り、龍之介は剣術科に通うことになった。

笠間は、海に面した教練場で、銃や砲を撃ったり、太鼓や笛の音に歩調を合わせ、分列行進を行なっていた。笠間は、いつの間にか、フランス軍の制服をきこなし、白い垂れのついた軍帽を被って、フランス式の軍事教練に臨んでいた。

龍之介は稽古着姿になり、講武所の道場に通い、竹刀を振るう毎日を送る生活になった。

教官には直心影流の剣聖《けんせい》男谷精一郎《せいいちろう》をはじめ、いろいろな流派の錚々《そうそう》たる剣客たちが就いていた。

龍之介にとって、直心影流をはじめ、さまざまな流派の遣い手と、手合わせ出来る毎日は、これまでなかったことだった。手合わせをし、各派の勝れた剣技を体得出来るのだ。こんな願ったり叶ったりの生活はない。

龍之介は初めから、いろんな教官たちに目をつけられ、指南の相手をさせられた。というのも、最初に龍之介を立合い稽古の相手に指名したのが所長の男谷精一郎だったからだ。

男谷精一郎こと男谷信友は、常に手を抜かず真剣勝負のように立合うので有名だった。しかし、三本勝負では、男谷精一郎は全部勝つことをせず、必ず相手に三本中一本を進呈して花を持たせた。

龍之介は、その話を聞き、面白いと思った。それで剣聖と呼ばれるとは、片腹痛い。だから、稽古仕合いの相手になるように指名された時、しめたと思った。竹刀で男谷精一郎を叩きのめす。そういう気概で立合いに臨んだ。

最初の一本目、龍之介はまともに攻め、呆気《あっけ》なく面を打たれた。

二本目、龍之介は男谷精一郎の一瞬の隙を突いて勝った。

三本目、一転して、龍之介は竹刀を下げ、全身の力を抜いて、目を閉じて対した。

驚いた男谷精一郎は、竹刀を青眼に構えたまま、動きを止めた。顔は平静だったが、龍之介の変貌ぶりに面食らった様子だった。

道場内の剣士たちが、男谷精一郎と龍之介の尋常ならざる、異様な立合いに、稽古をやめ、息を呑んで見守った。

真正会津一刀流秘技胡蝶の舞い。

龍之介は、男谷精一郎の動きを感じ、秘技を遣うのはまずい、と悟った。秘技を遣えば、きっと男谷精一郎を傷つける。そうでなかったら、己れが怪我をする。どちらも、ただでは済まない。

龍之介は一瞬にして、元に戻った。その瞬間、男谷精一郎の竹刀が、またも龍之介の面を捉えていた。

稽古を終えた男谷精一郎が、龍之介を呼んだ。

「なぜ、おぬし、仕合いをやめた？」

「先生には敵わないと悟ったからです」

「嘘を申すな。おぬしの流派、溝口派一刀流と申しておったが、違うな。もしや、御留流の真正会津一刀流。その隠し剣を遣おうとしたであろう？」

「畏れ入ります」

龍之介は、さすが剣聖といわれるだけはある、と舌を巻いた。

「隠し剣、見たかったが、大勢の見物人がいる中では、出せぬだろう。いつか、見せてくれ」

「はい。畏まりました」

龍之介は心から畏れ入ったのだった。それ以来、龍之介は男谷精一郎を、講武所での恩師と思うのだった。

だが、立合いながら、一つ気付いたことがあった。稽古をする生徒たちとは別の殺気に満ちた視線を感じたのだ。それが胡蝶の舞いの秘技をやめた、もう一つの本当の理由だった。

その視線がどこから来るのか、一瞬気が逸《そ》れた瞬間、男谷精一郎の竹刀が面を打ったのだった。

あの殺気、どこかで感じた記憶があった。龍之介の軀が覚えていた。

根藤佐衛門。御前仕合いの対戦相手だった根藤佐衛門。己れが、どう勝ったのか分からぬほど、無心のまま対戦した相手だった。勝ったものの、軽く右胸に受けた打突の痕は、時間が経つにつれ、ひどく痛み、肋骨に罅が入っていた。

根藤佐衛門は、残心をした龍之介を憎々しげに睨んでいた。次には仕留める、という殺気に満ちた目だった。あれは毒蛇のように執拗《しつよう》な殺意を持った刺客の目だ。

その時、思わず、龍之介は、深川の小料理屋「美世」で見た編笠の侍を思い出した。もしや、あの侍、根藤佐衛門ではなかったか？　覆面をして、半分顔を隠していたが、体付きが根藤佐衛門そっくりだった。

根藤佐衛門に似た武士は、間違って二階に上がって来て、龍之介や田島孝介がいるのを見て、慌てて顔を背け、階下に戻って行った。女将のお美世によると、一杯も酒を飲まずに、出て行ったとのことだった。いつもなら、酒を一杯、引っかけてから帰って行くというのに。

根藤は、なぜ、あの店に現われたのか？　己れが尾行されていたのか？　龍之介は自問自答した。

講武所から三田藩邸に帰ると、門前で門番たちと団欒《だんらん》をしている田島孝介の姿があった。

田島孝介は龍之介を見ると、手を上げて近付いて来た。小声でそっといった。

「龍之介、分かったぞ。軽い怪我で済んだ小姓のことだ」

「どこにいるのです？」

「この邸内だ」

龍之介は驚いた。

「三田藩邸のどこにいるというのです？」

「まあいいから、ついて来い」

田島孝介は顎をしゃくり、通用門から邸内に入り、先に立って歩き出した。

「小姓組なら、普通、上屋敷か中屋敷にいるのではないですか」

「その小姓、逃げたのだ。上屋敷にいてはまずい、となってだ」

「どうして、逃げたのでしょう？」

「真之助を斬って、これはまずいと思ったのだろう。何かの罪になると思ったのではないか」

龍之介は首を傾げた。若年寄の昌輔を守ろうとして狼藉者《ろうぜきもの》を斬ったのだから、小姓として当然のことと思うはずだ。

「どうして、まずいと思うのです？」

「それを会って、問い質《ただ》す」

田島孝介はにやりと笑った。

田島は鉄砲組の屯所の前を抜け、教練場の方に向かって行く。その先に、足軽や中間小者たちの長屋が何棟もあった。築地塀に裏木戸があり、塀の外に出れば、裏手の丘陵を上る坂道がある。三田綱坂《みたつなざか》だ。

先日、散歩がてら屋敷の敷地を隅々見て回ったところだった。

「その小姓の名は？」

「滝沢圭之典《たきざわけいのすけ》だ。存じておろう？」

龍之介は驚いた。

滝沢家は、黒紐格下の上士、もちろん、上士でなければ、よほど腕が立ち、御上に気に入られなければ、小姓組には入れない。日新館時代、滝沢圭之典は、滝沢のお坊っちゃんと呼ばれていた。滝沢圭之典は顔立ちがいいので、女たちにもてたが、剣術は弱く、学業も他人より劣っていた。日新館では兄真之助の同級で、何かと兄を頼っていた記憶がある。

そんな軟弱な滝沢圭之典が御上や藩要路を護衛する小姓に選ばれたのは、たぶんに上役への賄賂《わいろ》や胡麻擂りが効いた情実人事《じょうじつじんじ》だったからに相違ないと噂されていた。

「信じられない」

「何が信じられぬというのだ?」

田島が龍之介を見た。

「滝沢圭之典の腕で、どうやって兄を斬ったのでしょうか。滝沢圭之典がやったとは思えません」

「…………」

田島は黙った。田島も、そう思ったのだろう。龍之介は頭を振った。田島がいった。

「ともあれ、滝沢圭之典に会って訊くまでだ」

田島は龍之介を従え、足軽長屋の前に出た。

足軽の家族は長屋で暮らしている。主人の足軽たちは、邸内の勤め先に出ていて、長屋には年寄りや女子《おんなこ》どもの姿しかない。

龍之介は首を捻った。

足軽は侍ではあるが、身分は下士。滝沢圭之典のような黒紐格下の上士がそんな足軽長屋に逃げ込むとは思えない。

「たぶん、あそこだ」

田島は足軽長屋のさらに奥にある平屋の一軒家を顎で差した。棟割り長屋から、一軒だけ離れて建っている家は、先に見て回った時、誰も住んでいない空き家のように見えた。

「かつて足軽大将が住んでいた家だ」

田島は勝手知ったる家であるかのように、つかつかと家の玄関先に立った。

「滝沢圭之典、出て来い！」

田島は大声で怒鳴った。

「おぬしが、ここに隠れているのはとうに知っておるぞ。話がある。出て来い」

いきなり掃き出し窓の雨戸が蹴り破られ、黒い影が飛び出した。玄関先にいた龍之介と田島が、影を追おうとした。

黒装束の忍びは、くるりと振り向くと、手を動かした。龍之介は飛んで来る手裏剣《しゆりけん》をひらりひらりと躱し、避けられない手裏剣は刀の柄で受けた。

「…………」

影は一跳びし、家の裏手に飛び込んだ。

「待て！　曲者」

龍之介は影を追って、家の裏手に走り込んだ。動きに見覚えがあった。すでに影は築地塀の屋根の上に飛び上がり、蹲《うずくま》っていた。

「おのれ、おぬしは半蔵だな」

「龍之介さん、お連れさんに気をつけな。あんたは勘違いしてるぜ」

「なんだと？」

影は築地塀の上から消えた。

「龍之介、早く来てくれ」

田島の呼ぶ声がした。龍之介は急いで、家の表に回った。表の庭に出たとたん、龍之介は足を止め、大刀の柄を握った。

田島が刀を抜いて、編笠を被った侍と向かい合っていた。田島の刀がぶるぶると震えている。向かい合った男は編笠を被り、黒い布で覆面をしている。だが、小料理屋の美世で見た男だった。

「おぬし、根藤佐衛門だろう？」

編笠の侍は覆面をとった。やはり根藤佐衛門だった。

「御前仕合いでは、拙者が不覚を取った。だが、敗れたわけではない。おぬしにも、わしの打突が入っていた。相討ちなのに、おぬしの勝ちとなった。だから、いま一度、勝負し、決着をつけたい」

「誰の命《めい》を受けたのだ？」

根藤佐衛門はふっと笑った。

「いまは誰の命令でもない。今夜、子《ね》の刻（午前零時）、裏手の三田綱坂で待つ。一人で来い」

根藤佐衛門は、それだけいうと、くるりと龍之介に背を向け、すたすたと裏木戸の方へ歩き出した。なぜか木戸には、門番の姿はなかった。

根藤佐衛門は、自分で木戸を開け、外に出て行った。

「龍之介、家の中を」

田島は刀を腰に収め、顎で家の中を差した。

掃き出し窓から見える居間に、侍姿の男が仰向けに倒れていた。

龍之介は廊下に飛び、薄暗い家の中に走り込んだ。倒れている侍に駆け寄った。

「滝沢さん」

滝沢圭之典だった。胸に深々と刀が突き刺さっていた。血潮がどくどくと流れていた。

龍之介は滝沢圭之典を抱え起こした。

すでに血の気が失われていた。死相が端整な顔に表われていた。

「滝沢さん、あんたが、兄真之助を斬ったのか？」

滝沢は「違う」と顔をかすかに振った。

「では、誰が兄を殺ったのだ？」

田島も家に上がり、滝沢に歩み寄った。

「斬られた小姓も、筧主水介も殺っていないとしたら、おぬししかいないだろう？」

滝沢は、田島を見ると、ぶるぶると震え出した。目を大きく見開き、喘《あえ》ぎ出した。

「どうした？」

田島が滝沢に話しかけた。龍之介の腕の中の滝沢は、震える右手を上げ、人差し指で田島を指し、龍之介の顔を見た。そして、滝沢はがっくりと首を落とした。目は見開いたままだった。呼吸も止まった。心の臓も動いていない。

「ご臨終か」

田島は腐すようにいった。龍之介が田島を見ると、田島は吐き捨てた。

「こいつが真之助を殺《や》った。ま、あの忍びがわしらの代わりにこやつを殺ったのだろうが、自業自得だな」

龍之介は胸に刺さった刀に目をやった。滝沢の腰の小刀だった。鞘が床に転がっていた。

「こいつも、口封じされたんだろうな」

田島はぼそりといった。

龍之介は、半蔵が逃げ去る時にいった言葉を思い出していた。「あんたは勘違いしてるぜ」とはどういう意味だ？

龍之介と田島は足軽頭を呼び、滝沢圭之典の遺体を頼んだ。それから、鉄砲組の屯所に行き、頭の河原陣佐衛門に事の顚末《てんまつ》を告げた。陣佐衛門は慌てて、屋敷の家老代理に事を報告した。

まもなく屋敷から、大勢の役人が駆け付け、滝沢圭之典の遺体を引き取り、運び去った。

一応騒ぎが静まったのは、夜遅くなってからだった。

「龍之介、今夜、子の刻、いかがいたす？　行くのか？」

「果たし合いです。逃げるわけにはいかない。受けて立ちます」

「そうか。拙者、加勢に行く」

「だめです。これは、それがしと根藤佐衛門の勝負、果たし合いです。余計なことはしないでください」

「ううむ」

田島は唸ったが、それ以上、何もいわなかった。

龍之介は心底疲れを感じた。講武所で激しい稽古をした上に、帰ったら、この騒ぎだった。

「疲れた。それがし、一寝入りいたします」

龍之介は田島にいい、宿舎の部屋に戻った。

万年床に転がり、天井を見つめた。

いろいろなことがありすぎ、考えがまとまらなかった。だが、何かが心に引っかかっていた。

何度も寝返りを打った。そのうち、寝入りかけた。滝沢圭之典の怯《おび》えた顔が浮かんだ。はっとして、目を開けた。

滝沢は、最期の最期、恐怖の眼差しで田島を見つめ、恐れ戦《おのの》きながら事切れた。田島に何かいいたかったのではないか。

「龍之介さん、起きてなさるか」

部屋の隅に、黒い影が蹲っていた。

龍之介ははっとして、枕元の大刀に手を伸ばした。大刀はなかった。小刀もない。

「龍之介さん、大小はあっしが持ってまさあ。大丈夫です。話が終わったら、けえしやす」

「おぬしが、滝沢圭之典を殺ったのか?」

「いえ。あっしじゃねえっす。殺ったのは、田島孝介でさあ」

「馬鹿な。田島さんは、それがしと一緒にいた」

「いや、あんたが、あっしを追いかけている間に、滝沢の小刀を引き抜き、刺殺したんで。真之助さんを殺った方法と同じように」

「なに、田島さんが兄を殺っただと、でたらめをいうな」

「あっしは、天井裏から見ていたんでさあ。すべてをね」

半蔵は静かに語り出した。

「あん時、御用所の若年寄昌輔様の部屋には、小姓三人と参上した真之助様の五人以外に、もう一人いたんでさあ。それが付き添いの田島孝介だったんでさ」

龍之介は思わぬ話に絶句した。

「半蔵、おぬし、なぜ、そんな話をする？」

「あっしの恋女房お志乃をあんたが看取ってくれたのを、家の陰から見てたんでさあ。その借りを返したくてね」

「おぬし、舟で逃げたのではなかったのか」

「あれはあっしの手下。あっしは宿の下男に化けて、撃たれたお志乃を見てたんでさあ。あいつには可哀想なことをした……」

いつの間にか、夜は更け、子の刻が迫っていた。

七

朧月《おぼろづき》が夜の空にかかっていた。

龍之介は、口に含んだ水を、勢い良く刀の柄に吹きかけた。柄を握り、湿り気を確かめた。

龍之介は三田藩邸の裏手の木戸から外に出た。不寝番《ふしんばん》の門番がいたが、龍之介と分かると何もいわずに通した。

築地塀の外の三田綱坂に足を踏み出した。

淡い月影の下、坂道が朧に夜陰《やいん》の中に白く浮かび上がっている。

龍之介は坂道を一歩一歩ゆっくりと登って行く。

前方の坂の途中に黒い人影があった。

龍之介は、ふと足を止めた。背後に人の気配を感じた。

「それがしだ」

田島孝介の声が聞こえた。

「田島さん、どうして、ここへ」

「心配になってこちらに参った」

「田島さん、加勢は無用です。これは、それがしが受けて立った果たし合いにございます」

「分かった。手出しはしない。では、果たし合いを見届けさせてもらう」

田島孝介の擦《かす》れた声がいった。

龍之介は、一歩一歩、坂を上り、人影に近付いて行った。

坂の途中の影がずるりと動いた。

龍之介は半眼になり、坂の途中の影と、背後にいる田島の影を見据えた。

田島孝介が小声で囁いた。

「万が一、おぬしが負けたら、それがしが仇を討つ」

龍之介は暗がりの中で呼吸を整えた。

坂の途中に立った人影は、すでに強烈な殺気を放ちはじめていた。

龍之介は根藤佐衛門との間合いを取った。

間合い二間《けん》。

「望月龍之介、怖《お》じ気《け》づいたか。一人では来られず、助太刀を連れて参るとは情けない」

暗い根藤佐衛門の影が龍之介を嘲《あざけ》り笑った。

「助太刀にあらず、見届け人と申しておる」

龍之介は刀の柄に手を掛けていった。

「言い訳はよせ。今宵は決着をつける」

龍之介は間合いを取り、足を止めた。草履《ぞうり》を素早く脱いで、裸足になった。坂の土は固く踏み均《なら》されている。平らではないが、やはり土を踏むのは心が落ち着く。会津の飯盛山の土を思い出す。

心を決めた。今夜は、胡蝶を舞わせる。

龍之介は大刀をすらりと抜いた。右手に持ち、だらりと刀を下段後方に構えた。

全身から力を抜いた。半眼のまま、目を伏せ、根藤佐衛門をぼんやりと捉えた。

「望月、その手には乗らんぞ。隙だらけと見せかけて、打ち込ませ、後《ご》の先《せん》を取ろうというのだろう。御前仕合いでは、まんまとその手に乗ってしまったが、今夜は乗らぬ」

根藤佐衛門もぎらりと大刀を抜き、右八相に構えた。

間合い二間のままだ。

龍之介は右足を一歩前に滑らせるように進めた。根藤佐衛門は動かず、待っている。

龍之介はさらに前へ出ると見せて、身を翻した。

凄まじい殺気が背後からも迫った。龍之介は、刀をくるりと反転させ、後ろから飛び込んでくる人影に突き入れた。

影はうっと呻いたが、なおも大刀を振り上げ、上から龍之介に振り下ろした。龍之介は刀を一閃《いっせん》させ、影の喉元を切り裂いた。その間も根藤佐衛門から心眼を外さず、動きを止めた。

田島の躯が龍之介の背に寄りかかった。

「田島さん、同じ手を遣って、兄上を背後から襲って斬ったのですね」

「ど、どうして、分かった？」

田島は龍之介の背中におぶさったまま、苦しそうにいった。

「ねずみから聞きましたよ。兄が昌輔殿を斬ろうとして、後ろががら空きになったところを、背後から刺殺した。後ろには、自分がいる、安心しろと油断させておいて」

「…………」

「寛さんもいったのです。味方の顔をした敵に気をつけろ、と」

龍之介は背中の田島の躯から刀を引き抜き、突き放した。田島は後ろによろめき、道端に崩れ落ちた。

キエイ――ッ
その隙を狙い、根藤の大刀が正面から龍之介に振り下ろされた。

朧な月明かりの下、龍之介の心眼にはくっきりと根藤佐衛門の体の動きが見えた。それも、ゆっくりと刀が振り下ろされる仕草だった。実際には、目にも止まらぬ速さの動きなのだが、厳しい鍛練で磨き上げた心眼に映る鏡では、あたかも止まっているかのように見える。

龍之介は己れの体が自然に、根藤の動きに対応して動くのを感じた。一瞬にして、身を躍らせ、飛び退く。それも、華麗な胡蝶が優雅な羽を動かして、ふわりと舞い踊り飛ぶかのように。

龍之介は己れの刀が刃を返し、根藤の胸元を斬り裂くのを覚えた。血潮が根藤の胸元から噴き出した。

龍之介はひらりと身を翻し、根藤の背後に翔んで噴き出した血を躱した。着地すると刀を下段に下げ、残心した。龍之介の背後で、根藤の体が坂の上に転がる気配がした。

真正会津一刀流秘技胡蝶の舞い。

龍之介はゆっくりと後ろを振り向いた。

淡い月影の下、根藤佐衛門と田島孝介の二人が坂に、あい前後して横たわっていた。二人の影は、ぴくりとも動かなかった。

龍之介は、残心したまま、ゆっくりと楡《にれ》の木の陰に潜む、もう一人の影に向き直った。

「半蔵、出て来い」

龍之介は、半眼にしたまま、楡の木陰を睨んだ。影の殺気が龍之介を襲った。

半蔵は本気だ、と龍之介は思った。

「望月さまあ。どちらにおられますか」

「龍之介、無事かあ。加勢に参ったぞ。どこにおる？」

坂の下から、笠間慎一郎や鉄砲組の者たちの声が響いた。さらに大勢の藩士たちの影が裏木戸から出て、三田綱坂を登って来る。

無数の龕盗提灯《がんどうちょうちん》の明かりがちらついていた。

龍之介は、半眼をやめた。いつの間にか、楡の木陰の殺気は消えていた。

「またも逃げたか。ねずみめ」

龍之介はほっとして残心を解いた。背筋にびっしょりと汗をかいていた。心眼では、楡の木陰に忍んでいたねずみは長い銃を構えていた。こんな近距離を銃で撃たれたら確実に死ぬ。逃げようがない。

だが、ねずみは、なぜか、撃たずに消えた。

半蔵め。

龍之介は心の中で唸った。

借りを作ったか。

「龍之介、大丈夫だったか」

笠間慎一郎は鉄砲を持っていた。

駆け付けた藩士たちは、転がっている二体の遺体を囲み、両手を合わせていた。

龍之介は、血刀を懐紙で拭い、腰の鞘に納めた。

果たし合いの前、半蔵から聞いた話を思い出していた。

若年寄の御用所の執務室に刀を持ち込んだのは、小姓の滝沢圭之典だった。滝沢は田島にカネで買収されて、刀を二振り持ち込んだ。丸腰で入った真之助と田島は、滝沢から刀を受け取り、昌輔を人質にし、なぜ、牧之介が切腹したのかを、御上へ報告させようとしていたのだ。

だが、田島孝介が真之助を裏切った。田島は、初めから、真之助を殺すよう、上から命じられていた。

その上とは誰なのか、半蔵は語らなかった。

龍之介は、空にかかった朧月を見上げた。月影は、龍之介たちを冷たく照らしていた。どこかで夜の鳥が鋭い声で鳴いていた。

朧月夜だが、地上の闇夜は深い。深くて窒息しそうだ、と龍之介は思った。

参考文献

早乙女貢著『会津士魂』シリーズ（集英社文庫）
星亮一著『会津武士道「ならぬことはならぬ」の教え』（青春新書インテリジェンス 青春出版社）
星亮一著『偽りの明治維新』（だいわ文庫）
中村彰彦著『会津武士道』（ＰＨＰ文庫）
中国の思想『孫子・呉子』（村山孚訳・徳間文庫）

時代小説

二見時代小説文庫

必殺《ひっさつ》の刻《とき》　会津武士道《あいづぶしどう》4

二〇二三年　三　月二十五日　初版発行

著者　森《もり》　詠《えい》

発行所　株式会社　二見書房
〒一〇一-八四〇五
東京都千代田区神田三崎町二-一八-一一
電話　〇三-三五一五-二三一一［営業］
　　　〇三-三五一五-二三一三［編集］
振替　〇〇一七〇-四-二六三九

印刷　株式会社　堀内印刷所
製本　株式会社　村上製本所

落丁・乱丁本はお取り替えいたします。定価は、カバーに表示してあります。
 ISBN978-4-576-23010-8
https://www.futami.co.jp/

森詠

剣客相談人 シリーズ

完結

一万八千石の大名家を出て裏長屋で揉め事相談人をしている「殿」と爺。剣の腕と気品で謎を解く!

① 剣客相談人 長屋の殿様 文史郎
② 狐憑《つ》きの女
③ 赤い風花《かざはな》
④ 乱れ髪 残心剣
⑤ 剣鬼往来
⑥ 夜の武士《もののふ》
⑦ 笑う傀儡《くぐつ》
⑧ 七人の剣客
⑨ 必殺、十文字剣
⑩ 用心棒始末
⑪ 疾《はし》れ、影法師
⑫ 必殺迷宮剣

⑬ 賞金首始末
⑭ 秘太刀 葛の葉
⑮ 残月殺法剣
⑯ 風の剣士
⑰ 刺客見習い
⑱ 秘剣 虎の尾
⑲ 暗闇剣 白鷺
⑳ 恩讐街道
㉑ 月影に消ゆ
㉒ 陽炎《かげろう》剣秘録
㉓ 雪の別れ

二見時代小説文庫